칼과 슈왈츠 마돈나

차례

해설
죽음과 소녀, 그러고 남은 자의 몫
(사이채)

작가의 말
긴 기다림, 빨강과 하양 그 사이에 서서

수록 작품 발표 지면

끝과 시작, 크메르

투두둑, 양철 지붕의 울림소리에 연수는 눈을 떴다. 창밖은 아직 어둠 속에 있었다. 스콜성 기후에 익숙해질 때도 됐는데, 의지와 상관없이 연수의 몸이 먼저 반응했다. 신경 어딘가에 감지기라도 달린 것처럼 연수는 날씨의 변화에 민감했다. 시아누크빌 날씨에는 전주가 없었다. 한 손을 머리 위에 올릴 만한 틈조차 주지 않았다.

비행하기에 좋은 날씨는 아니었다. 우르릉 쾅, 천둥소리에 연수는 터뷸런스를 만날 때처럼 가슴이 철렁했다. 연수는 끙, 앓는 소리를 내며 몸을 돌렸다. 눈을 감고 잠을 청하려고 할수록 그날의 일들이 또렷이 생각났다. 연수는 벌떡 일어나 창가에 서서 비가 내리고 그치는 모습을, 하늘 한쪽이 붉어 오는 풍경을 지켜봤다.

한순간이었다. 지옥과 천국은 라이스페이퍼 한 장처럼 얇았다. 연수는 휴대전화로 오늘 날씨를 확인했다. 현재 기온 23.3도, 최고 기온 32.3도, 태양 위로 구름과 뇌우가 걸쳐 있었다. 일년 전과 비슷한 날씨였다. 연수는 챙이 넓은 모자 위에 선글라스를 올리고 스쿠터에 올라 시동을 걸었다. 미쓰비시 스쿠터에서 뿜어져 나온 회색빛 연기와 기름 냄새가 도로 위로 길게 늘어졌다.

중국어로 쓰인 간판과 좌판 위에 뒤집어 올려놓은 파란색 플라스틱 의자, 그리고 건설 중인 건물과 짓다 만 건물을 지나자 넓은 백사장이 나타났다. 밤과 달리 백사장은 한가했다.

연수는 스쿠터에서 내려서 늘 그렇듯이 맨발로 백사장 위를 걸었다. 부드럽고 촉촉한 질감이 발바닥에 느껴졌다. 땅콩버터 위를 걷는 느낌이었다. 오렌지 빛깔의 파도가 밀려왔다.

"쑤, 안뇽하세요?"

쩜난이었다. 쩜난은 테이블과 의자를 가져와 백사장에 폈다. 가이드 일이 없는 날에 쩜난은 근처 카페에서 아르바이트했다. 대학을 갓 졸업했다는 쩜난은 크메르어, 중국어, 일본어, 영어 그리고 최근에는 한국어로 된 인사말까지 섭렵하고 있었다. 그렇다고 모든 언어를 능숙하게 구사한 것은 아니었다.

"쩜난, 쫌 리업 쑤어."

연수가 두 손을 모아 가슴 높이에 두고 고개를 숙여 인사를 건넸다.

"쑤, 그냥 쑤어 쓰따이 해."

쩜난이 어깨를 들어 올리며 장난스럽게 말했다. 연수는 쩜난의 나이를 묻지 않았지만 쩜난을 보고 있노라면 자신의 이십 대가 떠올랐고 손가락이 욱신거렸다. 연수는 힘들 때마다 벽에 걸린 A4 두 면 크기의 세계지도를 바라봤다. 돌이켜 보면 연수가 형광펜으로 색칠했던 도시 중에 시아누크빌은 존재하지 않았다.

바람이 야자수 잎사귀를 통과하며 요란한 소리를 냈다. 파라솔이 흔들리고 펼쳐놓은 의자가 넘어졌다. 테이블과 의자를 끈으로 연결하는 쩜난의 팔 위로 땀방울이 맺혔다. 연수는 쩜난을 뒤로하고 바닷속으로 걸어 들어갔다. 작은 파도가 연수의 발목을 쓰다듬다가 밀려나기를 반복하는 동안 연수의 눈은 바다 끝, 수평선 너머에 멈춰 있었다. 정지된 티브이 화면처럼 보였다. 연수는 매일 강한 태풍이 밀려와 바닷속을 헤집어 놓기를 간절히 바랐지만, 스콜이 지나가고 나면 바다는 온순해졌다. 지루할 만큼.

"쑤, 후이춰 아이랜드 윌 고 투데이?"

쩜난이 혀 짧은 영어로 물었다. 쩜난은 연수의 가이드였다. 연수가 처음 시아누크빌에 왔을 때 게스트하우스 주인 밥이 소개해 줬다.

"여기서 해군 기지까지는 거리가 얼마나 돼요?"

연수는 해군 기지가 아니라 해군 기지 앞바다에 가고 싶다고 말하려다가 참았다. 쩜난은 연수가 목적지를 정하면 가장 빠르고 쉽게 갈 수 있는 교통편을 추천해 줬고, 때로는 가이드 비용을 받지 않고 목적지까지 동행하기도 했다. 쩜난은 연수에게 주변 마을과 해변 근처의 아름다운 섬들 그리고 중국의 일대일로 사업의 장단점까지 얘기하면서도 연수에게 목적지에 가는 이유를 묻지 않았다. 연수는 쩜난의 그 점이 가장 마음에 들었다.

열어 놓은 주방 창문으로 고소한 버터 냄새와 스크램블 냄새가 풍겨 왔다. 신선한 오이와 허브, 하우다 치즈 냄새도 따라왔다. 아침 메뉴는 늘 비슷했는데도 연수는 물리지 않았다.

"쑤, 굿모닝."

"굿모닝, 밥."

밥은 군청색 반바지에 야자수가 프린트된 하얀 티셔츠를 입고 있었다. 연수가 회사에서 제공

해 준 호텔에서 나와 발루 게스트하우스에 들어섰을 때와 같은 모습이었다. 연수는 가끔 색상만 다를 뿐 같은 문양의 티셔츠가 가득 걸려 있을 밥의 옷장을 떠올려 보곤 했다. 그때마다 검정 라운드, 검정 브이넥, 검정 터틀넥, 검정 옷으로 채워져 있던 남편의 옷장이 오버랩됐다.

"수를 찾는 전화가 왔었어요."

밥이 전화번호가 적힌 메모지를 건넸다. 82로 시작하는 번호였다.

"꼭, 전화해 달래요."

접시에 샐러드를 담는 연수를 보며 밥은 '콜'과 '백'이라는 단어에 악센트를 줬다. 연수가 고개를 끄덕였다. 익숙한 전화번호였다. 연수는 보험회사 직원일 거라고 단정 지었다.

한동안 잠잠하나 했다. 보험회사 직원은 때와 장소를 가리지 않고 전화했다. 연수가 먼저 보험금을 요구한 것도 아니었는데 처음에는 보험 사기범 취급을 하더니, 나중에는 제출할 서류와 보상금에 대해 길게 설명했다. 연수가 한국을 떠나오고 나서는 뜸하더니 다시 전화를 한 걸 보면 당분간 끈질기게 전화할 것이 틀림없었다.

연수는 전화번호가 적힌 메모지를 손으로 구겨 슬쩍 쓰레기통에 넣었다. 밥은 그것을 놓치지 않았다. 밥은 정확히 연수가 왜 혼자서 게스트하우스에 머무는지, 추측하기가 어려웠다.

연수는 자기 이야기를 잘 하지 않았고 저체온증에 걸린 것처럼 감정의 높낮이가 없었다. 연수는 매일 새벽 일찍 일어나 스쿠터를 타고 해변에 다녀왔다. 가끔 근처 섬을 다녀오기도 했지만 연수는 관광객이라 하기에도, 그렇다고 비즈니스 업무 중이라고 하기에도 애매했다. 연수의 패밀리 네임이 하, 라는 것과 영어를 잘한다는 것 외에 아는 것이 없었다. 연수는 예의가 발랐고 간혹 한국 게스트와 문제가 생기면 연수를 통해서 해결할 수 있었다.

밥은 여행 가방을 끌고 들어서던 연수의 첫 모습을 잊을 수가 없다. 연수의 얼굴에는 여행에 대한 설렘이나 불안감, 추억이나 기억 같은 것도 깃들지 않은 것처럼 보였다. 밥은 혹시 연수가 나쁜 생각이라도 할까 봐 관심을 기울였다. 가뜩이나 말이 많은 주변 상인들이 나쁜 소문이라도 퍼트려서 게스트하우스 이미지가 나빠질까 봐 염려됐다. 염려와 달리 연수는 단단했다. 무엇이 연수를 일깨우는지 정확하게 알 수는 없지만 연수에게는 자신만의 루틴이 있었다. 밥은 쓸모없는 염려를 거두었다. 자신만의 루틴이 있는 사람은 결코 세상을 등지지 않는다는 것을 밥은 경험을 통해서 알고 있었다.

연수 남편은 집을 나서기 전 아이디를 목에 걸고 나서 여권과 지갑, 핸드폰이 있는지 확인했다.

"혼자 있다고 굶지 말고 밥 잘 챙겨 먹고. 잘 다녀올게."

남편은 비행 가방을 끌고 나가면서 연수의 어깨를 토닥였다. 연수가 남편을 배웅한 지 얼마

되지 않아 벨이 울렸다. 등기 우편이었다. 보험회사 이름이 박힌 봉투는 두툼했다.

이 인간 또, 넘어갔구나. 연수는 한숨이 저절로 흘러나왔다. 며칠 전 남편은 명퇴한 친구의 아들에 관해 말했다. 장황한 얘기를 정리하면 친구의 아들이 군 제대 후 보험회사에 들어갔다는 것이었다.

"자기 친구도 보험 하지 않았어? 그 친구한테 종신보험, 암보험, 손해보험 또 뭐였지?"

"올 마눌님 기억력 좋네. 다른 건 기억도 못하면서. 그 친구는 진작 그만두고 고향에 내려가서 농사짓고 있어."

"당신, 매달 나가는 보험료가 얼마인지 알기나 해? 인정에 휩쓸리지 말란 말이야. 왜 꼭 영업하는 사람은 아는 사람부터 찾아와서 감성팔이 하는지 정말 짜증 나. 쉽게 일할 생각부터 한다니까."

"고만하셩. 알았다니까."

"또 보험 넣으면 알지. 이번에는 절대 그냥 안

넘어가. 확 다 해약해 버릴 거야."

연수는 팔짱을 끼고 눈에 힘을 주었다. 남편은 걱정하지 말라면서 연수의 시선을 피했다.

연수는 등기 우편을 남편의 책상 위에 올려놓았다. 내용물을 확인하기 싫었다. 아마도 설계사에게 제법 이익이 갈 만한 특약을 확인도 하지 않고 사인했을 것이다. 남편은 마음이 물러서 주변 사람들의 부탁을 그냥 넘기지 못했다. 이익보다는 손실에 친숙한 사람이었다. 연수는 마음 온도가 높은 남편이 못마땅했지만, 뭐, 여태껏 사기를 당한 적은 없으니까, 하는 생각에 닦달하지는 않았다.

보험 계약서나 약관을 메일로 받으면 연수에게 들킬 염려가 없을 텐데도, 남편은 종이로 된 서류를 고집했다. 연수도 알아야 한다는 이유에서였다. 둘 사이에 아이가 없어서 그런지 남편은 연수를 아이 취급했다. 남편은 연금이나 보험 가입 증서를 파일에 정리해 두고 분기별로 연수에게 설명했지만 연수는 건성으로 들었다. 주로 암

15

이나 질병 치료비, 간병비 이외에 남편 사망 후
에 받을 수 있는 돈이었다.

연수는 남편에게 전화해서 보험에 대해 따지
려다가 참았다. 비행 나가는 남편의 마음을 불
편하게 만들고 싶지 않아서다. 비행에 방해가
될 만한 실마리를 제공하지 않는 것, 둘 사이에
서 암묵적으로 지켜 온 약속이다. 남편은 비행
나가기 24시간 전부터는 타이레놀 한 알도 먹지
않을 정도로 자기 관리에 철저했다. 연수 또한
남편 비행 일정이 있는 날은 출발지와 도착지의
기상을 먼저 확인했다. 오랫동안 몸에 밴 습관
이었다.

– 인천 공항에 잘 도착했어요.

남편은 고개를 옆으로 흔들며 아주 많이 사
랑해, 라는 이모티콘을 같이 보냈다. 남편을 닮
은 듯한 이모티콘을 보며 연수는 픽, 웃었다. 신
호대기 중에 연수도 곰이 큰 하트를 내미는 이

모티콘으로 답했다.

강의 시간이 한 시간 정도 남아 있었다. 연수는 느긋하게 드라이브 스루에 차를 세우고 테이크아웃 커피를 사서 강의실에 들어갔다.

수업을 시작하기 전에 연수는 강의실을 둘러봤다. 같은 동양인이라 해도 중국, 베트남, 몽골 학생들의 외모와 억양은 달랐다. 중국 학생들은 대체로 'ㅗ'와 'ㅜ'의 발음을 구별하지 못했고 반모음을 지나치게 길게 발음했다. 베트남 학생들은 'ㄴ'과 'ㄹ'을 같은 소리로 발음했고, 받침을 빼고 말하는 경우가 많았다. 몽골 학생들은 초성의 'ㄱ'이나 'ㄷ'을 된소리로 발음했다. 학생들은 주로 같은 나라 사람들끼리 어울려 다녔고 수업 시간에도 함께 앉으려고 했다. 연수는 학습 효과를 높이기 위해 나라별로 학생들을 안배해서 조를 나눴다.

"오늘부터 수업 시간에는 조별로 앉도록 해요. 스타아팅 투데이, 렛스 싯 인 그룹스 듀어링 더 클래스."

연수는 먼저 한국어로 말한 다음 영어로 말했다. 학생들은 어리둥절한 얼굴로 이름이 불리면 일어서서 자신이 속한 조의 자리에 가서 앉았다. 누구도 왜요? 묻지 않았다. 학생들은 대체로 온순했고 연수의 말을 잘 따랐다.

처음에 학생들은 서로 눈도 마주치지 않고 어색해하더니 간간이 얼굴을 붉히기도 하고 웃음을 터트렸다. 다양한 말투와 몸짓으로 안부를 주고받는 학생들을 보며 연수는 빙그레 웃었다. 한국인이 말하는 것보다 생동감이 느껴졌다. 최근 들어 중국 학생들이 줄어들고 베트남 학생들이 많아졌다. 덩달아 학교 주변에 베트남 음식점도 늘어났다. 마치 세계 경제 외교의 상황을 보여 주는 듯했다. 연수는 주기적으로 자신이 가르치는 학생들과 함께 그들 나라의 음식점을 방문했다. 학생들이 선택한 메뉴는 이제껏 연수가 먹어 본 음식보다 맛있었다. 연수는 학생들이 알려 준 식당과 음식 이름을 메모했다가 다시 방문하곤 했다. 식당 주인은 용케 연수를 알아보고 미소를 지었다. 따스함이 묻어나는 미소였다.

연수는 퇴근길에 베트남 식당에 들러 볶음누들을 샀다. 고맙습니다, 연수의 인사말에 사장은 앞치마에 손을 닦으며 멋쩍게 웃었다. 한국말이 익숙하지 않아서 하는 행동이라는 걸 연수는 잘 알고 있다. 대신 사장은 숙주와 땅콩을 듬뿍 올려 마음을 담았다. 연수는 교직원 회의 시간에 주변 상인들을 위한 무료 한국어 수업을 제안했는데, 고려해 보겠다던 학교에서는 아직 답변이 없었다.

연수는 집에 도착하자마자 크리스털 컵을 냉동실에 넣고 티브이 채널을 돌리며 남편의 카톡을 기다렸다. 잘 도착했다는 카톡을 받기 전에 맥주를 마실 수가 없었다. 연수는 그랬다. 남편이 비행 중일 때는 절대 알코올을 입에 대지 않았다. 남편은 베트남 시각 오후 7시 30분 호찌민 공항에 착륙 예정이었다. 베트남과 시차는 두 시간, 한국 시각으로 9시 30분에 착륙, 10시

30분 정도면 호텔에 도착할 시간이었다. 연수는 시간을 확인했다. 도착시간이 한 시간 정도 지나 있었다. 연수는 플라잇 어웨이 앱을 열어 남편의 항공편 번호를 넣었다. 비행 중이라는 표시가 떴다. 한 시간 지연이라는 내용을 확인하고 호찌민의 날씨를 검색했다. 뇌우가 번쩍였다. 연수는 침대에 눕지 못하고 소파에 누워서 자다 깨기를 반복했다.

새벽 5시에 눈을 뜬 연수는 제일 먼저 카톡을 확인했다. 남편에게 온 카톡은 없었다. 연수는 뉴스 기사를 확인했다. 비행 사고에 관한 기사는 없었다. 연수는 가슴을 쓸어내리며 남편 비행기의 항적을 조회했다. 항적을 알 수 없다는 내용이 적혀 있었다. 이상한 생각이 들었다.

출근 무렵 남편 회사에서 걸려 온 전화를 받고 연수는 모든 수업을 취소했다. 회사에서 알려 준 호텔로 가면서 연수는 자주 신호를 놓쳤고 뒤차의 경적에 놀라서 액셀을 밟았다.

자신을 노사 담당 임원이라고 소개한 남자가 가족들을 맞이했다. 부기장의 아내라는 여자는 아이와 함께 왔고 연수는 혼자였다.

　　"언론의 무분별한 접촉으로부터 가족분들을 보호하고, 현지 상황을 먼저 알려드리기 위해서 회사에서 호텔을 마련했습니다."

　　노사 담당 임원은 연신 손수건으로 이마를 훔쳤다.

　　"그런데 꼭 호텔에 있어야 해요?"

　　여자의 목소리에는 두려움이 없었다. 연수는 여자를 돌아봤다. 부기장의 아내였다. 삼십 대 중반으로 보이는 여자는 여리여리해 보였고 아이의 손을 꼭 잡고 있었다. 연수는 여자의 당찬 목소리의 근원 중 하나가 아이일 거라는 생각이 들자, 입안에 돋은 돌기가 더 아렸다.

　　"가족분들의 협조를 부탁드립니다."

　　임원은 가족들에게 호텔에 머무를 것을 간곡히 부탁했다. 남편의 친한 동료들이 호텔에 도착했다. 그들은 연수에게 눈인사를 건넬 뿐, 아무 말도 하지 않았다. 연수는 그들의 어두운 얼굴을 보자 마음속에서 쿵, 뭔가 내려앉는 소리가 들렸다.

"항적은 조회가 됐나요?"

여자가 연수를 이상한 눈빛으로 바라봤다. 남편의 동료들은 ELT, 시간제한, 블랙박스 같은 단어들을 소곤거렸다.

"현재는 레이더상의 위치, 고도, 비행기 방향, 속도 등을 분석하여 예상된 추락지점을 찾고 있습니다."

"뭐라고요? 추락이라고요?"

여자가 털썩 주저앉았다. 주변 사람들이 여자를 일으켜 세우려고 했는데 여자는 대리석 바닥에 엎드려 흐느꼈다. 여자와 달리 연수는 지나치게 침착해 보였다. 임원은 연수에게 앞으로 있을 구조 작업에 관해 설명했다.

"제수씨, 노조에서도 협조하고 있으니 곧 구조할 수 있을 겁니다."

남편의 동료들은 실종, 추락 같은 단어 대신

구조라는 긍정적인 용어를 사용했다. 연수는 그 말을 믿고 싶었다. 회사 사람들이 가고 난 뒤 연수는 호텔 방으로 들어갔다.

연수의 휴대전화에는 붉은색 숫자가 찍혀 있었다. 연수는 누구와도 연락하고 싶지 않았다. 통화에 시간을 낭비하고 싶지 않았다. 연수는 티브나 인터넷 기사를 검색하면서 비행기 항적을 찾기 위해 애썼다. 전문가들은 각자의 지식을 동원하여 비행기 추락지점을 예상했다. 연수는 컴퍼스로 그려 놓은 것 같은 동그라미 속 도시들을 눈여겨봤다. 전문가들은 항공기에 장착된 ELT 신호를 따라가면 위치를 찾을 수 있다고 했다. 하지만 제한 시간이 40시간이라고 했다. 40시간이 지나면 사실상 생존 가능성이 없다는 분석에 연수는 숨이 막혔다. 연수의 시선은 자주 시계에 머물렀다가 흩어졌다. 연수는 시간이 움직이지 못하게 죽이고 싶었다. 배터리를 빼도 시간은 죽지 않고 흘러갔다.

연수는 호텔 방안이나 로비를 서성이며 블랙

박스나 비행기 항법 장치가 발견되기를 초조히 기다렸다. 비행기 추락지점으로 예상되는 해상에는 바람이 강하고 파고가 높아서 접근이 어렵다고 했다. 연수는 매일 여자와 함께 수색 보고를 받았지만, 얘기는 섞지 않았다. 보고가 끝나면 임원은 따로 연수를 찾아왔다.

"회사에서 최선을 다해 찾고 있으니 좋은 소식이 있을 겁니다. 다만 사고의 원인이 부기장에게 있는 건 아닌지 조심스럽게 짐작하고 있습니다."

"부기장분께 무슨 문제가 있었나요?"

"부부 사이에 문제가 있었나 봅니다. 성격 차이도 심하고. 아직 젊으니까 감정을 추스르지 못하고 그날도 비행 나가기 전에 다퉜다고 합니다. 그러니 비행 중에 얼마나 조언을 잘했겠습니까. 최근에 우울증약을 처방받았다는 의료 보고서도 있고요."

"그럼, 일부러 사고를 냈다는 건가요?"

"확실한 건 아니고요, 좀 더 조사하면 사고의

원인이 밝혀질 겁니다."

임원은 부기장의 평소 성격, 인간관계 그리고 그들의 내밀한 가족 관계까지 꿰뚫고 있는 듯이 말했다.

연수는 화가 치밀어 올랐다. 모든 사고의 원인이 부기장과 그의 아내에게 있는 것처럼 여겨졌다. 당장 쫓아가서 따지고 싶었다. 하지만 그건 나중이었다. 무엇보다도 남편의 비행기를 찾는 것이 먼저였다. 회사에서는 기장과 부기장의 가족들을 한 공간에 두지 않았고 만남을 만들지도 않았다. 만일에 있을 불상사를 예방하기 위한 조치라고 했다.

연수는 한순간도 기대를 놓지 않았다. 임원은 전문 잠수사들이 무리하게 접근했지만, 해저 탁류로 인해 시야 확보가 어렵다고 했다. 그 사이 40시간이 지나가 버렸다. 언론에서는 골든타임이 지나갔다는 뉴스와 함께 독일 항공기 사고의 사례를 다뤘다. 조종사의 우울증과 사고에 관한 분석이었다. 며칠 동안 부기장이 일부러 사고를 낸 듯한 기사가 오르내렸다. 로비에서 연수와 여자는 얼굴을 마주쳐도 서로 고개를 돌렸다.

일주일이 지나자, 연수 남편이 든 보험에 관한 얘기가 언론에 흘러나왔다. 보험의 종류와 액수가 걷잡을 수 없는 속도로 퍼져 나갔다. 사망 보험금이 오십억, 어떤 인터넷 뉴스에서는 백억이라고 했다. 남편은 순식간에 보험금을 노리고 비행기를 추락시킨 범죄자로, 부기장은 희생자로 둔갑했다. 연수는 어이가 없었다. 임원에게 항의하면 임원은 나중에 진실이 밝혀질 겁니다, 대수롭지 않게 말했다. 시간이 갈수록 연수와 부기장의 아내 곁을 지키던 사람들이 줄어들었다. 우연히 복도에서 마주친 여자가 연수를 쏘아봤다. 분노가 가득 찬 눈빛이었다. 연수의 눈빛도 다르지 않았다.

매일 꿋꿋하게 자리를 지키던 연수의 마음도 갈팡질팡했다. 오전에는 남편의 생존 가능성이 없다는 사실을 인정했다. 구조 작업을 하는 사람에게 피해가 가지 않도록 남편 시신이라도 빨리 찾았으면 했다. 그런데 오후가 되면 마음이 바뀌었다. 남편이 어딘가를 표류하고 있거나 무인도 같은 곳에 살아 있을 거라는 확신이 들었다. 연수는 임원이나 남편의 동료들을 만나면 확신에 찬 목소리로 그이는 살아 있어요, 같은 말을 반복했다. 그럴 때마다 임원은 은근슬쩍 고개를 돌렸고 남편 동료들은 고개를 숙였다. 결국 비행기 수색은 실패로 끝났다. 생존에 대한 희망은 사라지고 화재로 인한 사고사로 결론지었다.

노조는 전기자동차 배터리가 화물기 화재의 원인이라고 주장했고 회사는 기상, 기체 결함, 조종사의 잘못 등 여러 가지 관점에서 조사 중이며 조사가 끝날 때까지 확실한 원인을 알 수 없다고 했다. 부기장의 가족은 장례를 치렀지만 연수는 장례를 거부했다. 회사에서 부기장보다 더 많은 액수의 위로금을 제시했는데도 연수는 타협하지 않았다. 주변에서 돈 때문이라는 이야기가 들렸지만 연수는 개의치 않았다. 회사와 보험회사의 끈질긴 회유를 피해 연수는 프놈펜으로 가는 비행기에 올랐다.

비가 내리고 있었다. 고도를 올려 비구름을 피한다 해도 상승하는 과정에서 예상되는 터뷸런스를 피하기 어려울 터이다. 연수는 안전벨트를 조이고 눈을 감았다. 자주 비행기가 심하게 흔들렸다. 그때마다 불안정한 기류의 영향으로 기체의 흔들림이 예상되니 좌석 간 이동을 삼가고 안전벨트를 매라는 기장 방송이 들렸다. 승객들은 개의치 않고 영화를 보거나 와인을 마셨고 면세품을 샀다. 연수는 창문 커튼을 살짝 올려 남편이 지나갔을 바다를 내려다봤다. 아무것도 보이지 않았다.

- 사모님, 그동안 잘 지내셨죠. 강입니다. 회사에서 연

락이 왔습니다. 내일 메인 뉴스에 기사가 보도될 예정이라고 합니다. 연락 부탁드립니다.

휴대전화에 카톡이 떴다. 연수를 대리해서 일을 처리하는 강 변호사였다. 남편의 사고로 연수는 반쯤 넋이 나가 있었고 현실과 망상을 오갔다. 연수에게는 기댈 부모나 형제도 없었다. 직장 동료들이나 친구들은 있었지만 일을 제쳐 놓고 나설 만한 여건이 되지 않았다. 보다 못한 남편 동료들이 변호사를 선임해 줬다.

"강 변호사님, 비행기 찾은 거예요?"

"근처를 지나던 어선에 의해 비행기 날개 끝으로 보이는 조각과 기내 부유물이 발견됐다고 합니다."

"그이는요?"

"아직…. 기장님에 관한 소식은 없습니다. 죄송합니다."

"장소는요?"

"사모님이 맞았습니다. 시아누크빌에서 북서

쪽으로 8km 지점, 렘 해군 기지 앞바다로 추정하고 있습니다. 조만간 회사에서 기체 발굴 작업을 시작한다고 합니다. 다행이라고 해야 하는 건지. 뭐라고 드릴 말씀이 없습니다. 다시 연락드리겠습니다."

"전, 좋은 신호라고 믿어요."

연수의 목소리는 확신에 차 있었다. 연수는 두꺼운 스프링 노트를 꺼냈다. 남편의 비행기가 사라지고 나서 연수는 하루도 빠지지 않고 한국과 국제 뉴스를 스크랩했다. 연수는 놓친 기사가 있는지 뉴스판을 검색했다. 눈앞이 흐릿했다. 연수는 눈을 감았다. 눈을 감자 검은 점들이 더 또렷하게 보였다. 요즘 들어 하루살이 같은 것이 시야를 방해했다. 검은 점들은 더 많아졌고 무리를 지어 움직였다. 자주 눈이 부시고 눈물이 났지만 연수는 병원에 가지 않았다.

도로 위로 묵직한 쇳덩어리가 끌리는 소리가 들렸다. 연수는 날씨를 확인했다. 다행히 비 소

식은 없었다. 연수는 서둘러 스쿠터를 타고 바
다로 향했다. 중장비에서 쏟아내는 불빛에 눈이
부셨다. 처음 맞이하는 광경에 사람들이 몰려들
었다. 큰 화물선이 정박하고 있었다. 쩜난이 연
수를 발견하고 손을 흔들었다.

"한국 비행기 찾았대. 렘으로 간대요."

"혹시 조종사들 얘기도 들었어요?"

"노. 조종사들은 아마 죽었겠지."

"아니에요. 살아 있을 거예요."

"왓? 쑤, 아는 사람들이에요?"

"쩜난, 어떻게 하면 렘으로 가장 빨리 갈 수
있어요?"

"쪼기 그랩 택시 따라가요. 친구 차예요. 지
금 렘에 간다고 했어요."

연수는 쩜난이 가리키는 손가락 끝을 바라봤
다. 영어로 그랩이라고 쓰인 낡은 택시가 보였다.
쩜난이 택시를 향해 크메르어로 소리쳤다. 검게
그을린 팔이 창밖으로 올라왔다. 연수는 스쿠터
로 택시의 뒤를 따라갔다.

해안을 따라 여러 개의 백사장이 펼쳐졌다. 바다와 강 주변에 고급 리조트들이 자리를 잡고 있었다. 여행객들은 스쿠터나 택시가 와도 길을 비켜 주지 않았다. 왕처럼 대열을 지어 느긋하게 거리를 활보했다. 크메르의 왕 노로돔 시아누크의 이름을 따라 지었다는 도시의 이름에 걸맞은 행동이었다. 연수는 속이 탔다. 택시의 뒤를 따라가다가 옆으로 다가갔다. 택시에 탄 여자가 보였다. 어딘가 낯이 익었다.

도시를 빠져나오자, 도로가 한산했다. 왼편으로 강이 보이더니 습지대가 나타났다. 어깨 위로 태양이 부서져 내리는데도 연수는 등이 서늘했다. 택시가 속도를 올렸다. 연수는 스쿠터의 핸들을 꼭 잡고 몸을 곧추세웠다.

아직 화물선은 도착하지 않았다. 주황색 옷을 입은 승려가 지나갔다. 연수는 스쿠터를 세우고 택시에 다가갔다.

"쏨 또, 이 근처에 렘 앞바다까지 갈 수 있는

배가 있을까요?"

연수가 크메르어와 영어를 섞어서 물었다. 기사는 대답 대신 어딘가에 전화해서 큰 소리로 말했다. 알 수 없는 언어였다. 잠시 후 한 남자가 나타났다.

"어꾼."

연수는 손을 모아 중지 끝을 아랫입술까지 올렸다.

"유 알 웰컴. 나 쩜난 친구."

기사는 치아를 드러내고 씩 웃었다. 유난히 치아가 하얬다. 연수가 남자에게 비용을 묻자, 기사가 끼어들었다. 연수는 쩜난이라는 단어만 이해했다. 기사의 말이 채 끝나기도 전에 남자가 나도 쩜난 친구, 라고 했다. 친구의 범위가 어디까지인지는 모르지만 연수는 마을 사람 모두가 친구인 시아누크빌이 가깝게 느껴졌다. 왕복 십 달러, 남자는 시간은 제한하지 않았다. 연수가 고개를 끄덕이자 남자는 팔로미, 하며 손을 내저었다.

"저기요. 한국 분이시죠."

택시에서 내린 여자가 연수에게 말을 걸어왔다. 익숙한 언어였는데도 연수는 낯설게 느껴졌다. 한국 관광객이 많아서 자주 한국말을 들을 수 있었지만 연수는 한국 사람들이 길을 물으면 대부분 영어로 답했다. 한국 사람과 엮이기 싫어서이다. 자신과 남편을 보험 사기꾼으로 매도하고 악성 댓글을 달았던 사람들을 생각하면 끔찍했다.

"저기…. 장 기장님 사모님 맞죠? 그사이 많이 변하셔서 몰라볼 뻔했어요. 저 신세희 부기장 아내입니다."

장 기장이라는 단어에 연수는 가슴이 찌르르했다. 한동안 들을 수 없는 단어였기 때문이다. 연수는 선글라스를 벗고 여자를 쳐다봤다. 변한 건 여자 또한 마찬가지였다. 여자는 여전히 여리여리했지만, 눈은 깊어졌고 광대뼈가 튀어나와 있었다. 갑자기 나이를 열 살 정도 더 먹은 것처럼 보였다.

"어떻게 오셨어요?"

"잔해 인양 작업을 한다고 회사에서 연락이 와서 왔어요. 저도 현장에 가고 싶은데 사모님과 동행해도 될까요?"

연수는 여자의 부탁을 거절할 수 없었다. 현장을 혼자 지키는 것보다 누구라도 곁에 있는 게 나을 듯싶었다. 남자가 빨리 오라는 듯이 손을 내저었다. 연수는 여자의 짐을 나눠 들고 배를 향해 빠르게 걸었다.

인양 작업은 더디게 진행되었다. 화물선 주변으로 밧줄을 늘어트린 부유물이 떠 있었다. 크레인 작업이 늦어지자, 연수와 여자가 동시에 한숨을 내쉬었다. 연수와 여자는 작업을 지켜보다가 항구로 돌아왔다.

그사이 프놈펜 지사 직원이 도착해서 인양 작업에 관해 설명했다. 직원은 갑자기 잡힌 일정

이라 여자가 묵을 숙소를 아직 예약하지 못했다
고 했다. 성수기라 방 찾기가 어렵다는 말을 덧
붙였다. 직원은 오히려 근처 호텔과 연수가 묵고
있는 게스트하우스에 관해 물었다.

여자가 신발 앞꿈치로 모래를 후볐다. 신발
앞꿈치가 점점 모래 속으로 빠져들어 갔다. 연
수는 여자가 자신과 같은 상태에 처해 있다는
사실을 알 수 있었다.

"저랑 같이 가실래요?"

연수의 말에 여자가 고개를 들었다. 여자의
눈이 젖어 있었다. 연수는 패스 앱으로 택시를
불러 여자가 택시에 타는 것을 보고 스쿠터에
올랐다. 회사 직원들은 연수에게 고맙다며 고개
를 숙였다.

여자가 먼저 게스트하우스에 도착해 있었다.
밥은 연수가 말하기 전에 연수 방에 여자의 여
행 가방과 침구류를 가져다 놓았다. 그리고 테
이블 위에 화이트 와인 한 병과 하우다 치즈를

올려놓았다. 밥은 연수에게 여자와의 관계나 여자가 이곳에 온 이유에 관해 묻지 않았다. 연수의 마음 깊은 곳에서 뜨거운 것이 올라왔다.

연수와 여자는 같이 저녁을 먹으면서도 별이야기를 나누지 않았다. 식사 후에는 함께 해변을 거닐었다. 바람 끝에서 비 냄새가 묻어 왔다. 연수가 스쿠터로 달려가며 여자에게 빨리 타요, 소리쳤다. 여자는 영문도 모른 채 달려와 스쿠터에 올라 연수의 옷을 살짝 붙잡았다. 연수가 속도를 내자 여자는 연수의 등에 몸을 밀착했다.

후드득, 비가 쏟아졌다. 연수는 어깨 위로 쏟아지는 비를 온전히 맞았다. 어깨를 움츠리지도 않았다. 등이 불에 덴 것처럼 뜨거웠다. 연수는 여자의 눈물 때문이라고 생각했다. 여자는 연수가 눈물을 참고 있다고 생각했다.

데칼코마니처럼 일상이 반복됐다. 태양은 에메랄드빛 바다 위로 쏟아져 내렸고 밤이 되면

달궈진 백사장 위로 오렌지색 파도가 밀려왔다. 여자와 연수는 매일 스쿠터를 함께 타고 렘에 가서 인양 작업을 지켜보았다.

연수와 여자는 밥이 가져다 놓은 와인에는 손도 대지 않았다. 연수는 항상 스쿠터에 기름을 가득 채워 놓았고 잠을 잘 때도 스쿠터 열쇠를 주머니에 넣고 잤다. 여자는 한순간도 휴대 전화를 손에서 내려놓지 않았고 소리를 죽여 가며 아이와 통화했다. 인양 작업은 영영 끝나지 않을 것처럼 보였다.

사람들의 고함이 들렸다. 비행기의 전방 동체가 크레인에 걸려 올라왔다. 조종석을 포함한 부분이었다. 연수와 여자가 달려갔지만 보안 요원들이 접근을 막았다. 누군가가 찢어 놓은 것처럼 토막이 난 비행기를 바라보며 연수는 주저앉았다.

주황색 옷을 입은 승려가 목탁을 두드렸다. 여자가 두 손을 모으고 공손히 고개를 숙였다.

연수는 회사 직원에게 동체 안을 보게 해 달라고 부탁했지만, 직원들은 자신들이 결정할 수 없는 문제라며 발을 뺐다. 숙소에 가 계시면 연락드릴게요, 같은 말만 반복했다.

하루가 지나도 회사에서는 연락이 없었다. 연수는 강 변호사에게 전화해서 남편의 생사를 알아봐 달라고 부탁했다.

"조종석 부분을 분리하는 데 시간이 걸리나 봅니다. 누구보다 사모님께서 힘든 시간을 지나왔다는 사실을 잘 알고 있는데요, 조금만 더 기다려 주세요. 죄송합니다."

"막상 동체를 보니 마음이 조급해져요. 또 구조 타이밍을 놓칠까 봐요."

"…"

휴대전화를 든 연수의 손이 미세하게 떨렸다. 여자는 연수가 지금까지 남편의 죽음을 받아들이지 못하고 있다는 사실에 가슴이 먹먹했다. 여자 기억에 연수는 비행기 사고 소식에 가슴을 치거나 소리를 내서 울지 않았다. 임원을 대하는 태도나 질문부터도 달랐다. 공군 전투기 조종사 출신 아내답다고 생각했다. 노사 담당 임원이 기장의 카지노 출입과 보험에 관한 말을 꺼냈을 때 여자는 연수에게 달려가 소리쳤다. 죽으려면 혼자 곱게 죽지 왜 그랬냐고. 나중에 카지노 출입을 한 사람은 동명이인으로 밝혀졌다. 보험의 액수도 사실상 방송에 나온 것과 다르다는 것도 알게 되었다. 하지만 여자는 사과하지 않았다.

여자가 연수의 손을 붙잡았다. 연수의 큰 눈에 눈물이 가득 고였다. 둘은 서로의 손을 잡고 한참 동안 바라봤다. 그때 휴대전화가 울렸다. 강 변호사였다.

"사모님, 기장님 찾았답니다."

강 변호사의 목소리가 떨렸다.

"그이 살아 있죠?"

"그게…."

여자가 연수의 손에서 휴대전화를 낚아챘다.

"여보세요. 신 부기장 아내입니다. 저에게 말

쐠해 주세요."

"아…. 예. 충격이 크실 텐데…."

"저, 저는 들을 준비가 됐습니다. 사모님께는 제가 대신 말할게요."

"아이디가 남아 있어서 신분이 확인됐다고 합니다. 기장님은 계기판 윗부분에서, 부군께서는 부기장 좌석에서 발견됐다고 합니다. 이런 소식을 전하게 돼서 죄송합니다."

연수는 전화기에서 흘러나오는 소리에 귀를 기울였다. 결국 남편은 돌아온다는 약속을 지켰다. 연수는 입을 다물었다.

남편의 사망을 확인한 후, 연수는 한동안 말을 하지 않았다. 실어증에 걸린 사람처럼 보였다. 밥이 묻는 말에 겨우 예스, 노 정도로 대답하는 연수를 보며 여자는 가슴에 구멍이 뚫린 것 같았다. 연수와 여자는 남편의 아이디를 유품으로 받았다. 겨우 몇 조각만 남은 남편의 뼈를 화장하고 나서 둘은 유골함을 가슴에 안았다. 여자는 유골함을 가지고 한국으로 돌아갈 거라고 했다.

연수는 테이블 위에 놓인 화이트 와인을 여자의 잔에 따라 주며 할 말을 떠올렸지만, 적절한 말이 떠오르지 않았다. 연수는 용과를 까서 접시 위에 올려 여자 쪽으로 밀었다.

"저랑 같이 한국에 돌아가실래요?"

여자가 먼저 말을 꺼냈다. 연수는 대답 대신 용과 껍질을 만지작거렸다.

"저, 내일 돌아가요. 참, 죄송했어요."

"뭘요?"

"기장님과 사모님이 정말 원망스러웠어요. 그땐 주변을 돌아볼 수 있는 마음의 여유가 없었어요."

여자의 눈이 붉어졌다. 연수가 눈가를 손가락으로 찍어 냈다. 여자는 가방 속에서 포장된 썬밤을 꺼내 연수에게 내밀었다.

"어…. 저는 아무것도 준비 못 했어요. 미안해요."

연수가 얼굴을 붉혔다. 창밖에서 빗소리가

몰려오더니 양철 지붕을 두들겼다. 미의 높낮이에서 시작된 소리는 시, 시, 시, 밤새 양철 지붕 위를 굴러다녔고 연수와 여자는 쉬 잠들지 못했다.

왁자지껄한 관광객이 떠난 백사장은 한가로웠다. 연수는 여자가 돌아가고 나서 한동안 방에서 나오지 않았다. 밥이 연수가 좋아하는 바게트 샌드위치를 방에 가져다 놓았지만 연수는 거의 음식에 손을 대지 않았다. 연수는 길을 잃은 것처럼 보였다. 연수는 밖으로 나가는 길을 찾지 못하는 것 같았다. 한 개의 눈으로도 볼 수 있는 길을 연수는 찾아내지 못하고 방안에 웅크리고 앉아 있었다. 누구도 대신 연수의 눈을 뜨게 할 수는 없었다.

밥은 몇 년 전 자기 모습을 보는 것 같았다. 밥은 누구에게도 말하지 못했던 그 막막함에 대해서 말하고 싶은 충동을 느꼈다. 짙은 안개 속에 혼자 서 있는 느낌, 머리부터 발끝까지 이슬이 내려앉는 것 같은, 하얀 적막함에 대해 하고 싶은 말을 꿀꺽 삼켰다. 대신 밥은 자주 연수의 방에서 나는 소리에 귀를 기울였다. 가끔 나직한 목소리로 속삭이는 소리가 들렸다. 누군가와 대화하는 것 같기도 하고 기도 소리 같기도 했다.

밥은 스쿠터 소리에 눈을 떴다. 아침 6시. 늘 연수가 바다에 나가는 시간이었다. 밥의 입에서 저절로 오 지저스, 라는 소리가 터져 나왔다. 밥이 방에서 나왔을 때 연수의 스쿠터가 막 대문을 빠져나가고 있었다.

막상 숙소에서 나왔지만 연수는 어디로 가야 할지 막막했다. 먹구름이 몰려오고 세찬 바람이 연수를 뒤로 밀어냈다. 곧 태풍이 올 것처럼 보였다. 길가 야자수가 몸을 흔들었다. 마치 작별 인사를 하는 것 같았다. 연수는 바닷가에 스쿠터를 세우고 유골함을 들고 백사장을 향해 걸어 들어갔다.

21그램.

영혼의 그램 수만 담겨 있었다. 연수는 유골함에서 남편의 영혼을 꺼내 바다에 뿌렸다. 하얀 거품이 일었다. 연수는 하얀 거품을 따라 들어갔다. 물에 연수의 발목이, 종아리가, 허리까지 잠겼다. 연수는 멈추지 않고 거품을 따라 나아갔다. 물이 연수의 목까지 차올랐다. 순간 파도가 연수의 머리를 삼켰다. 쩜난이 정리하던 테이블을 팽개치고 달려왔다.

연수는 한동안 앓아누웠다. 밥은 열이 오르내리고 헛소리를 지껄이는 연수 곁을 지켰다. 할 수만 있다면 밥은 야자나무 사이에 걸어 놓은 해먹에 연수를 옮겨다 놓고 싶었다. 연수 마음에 작은 공간이 생기기를 바랐다.

이 주 만에 자리를 털고 일어난 연수는 얼굴이 핼쑥했다.

"수, 스노클링할래요?"

밥이 연수에게 소시지를 내밀었다. 연수는 거부하지 않았다. 밥과 연수는 수경과 오리발을 착용하고 물속으로 걸어 들어갔다. 붉고 푸른 산호초의 색깔과 모양이 들여다보일 정도로 물이 맑았다. 노란색의 열대어가 지나갔다. 연수가 소시지를 뜯어 건네자, 물고기들이 다가왔다. 노란색, 분홍색, 파란색 열대어들은 연수가 내미는 소시지를 뜯어 먹었다. 열대어들은 먹는 것에 전력을 다했다. 연수는 울컥했다.

밥 잘 챙겨 먹어. 남편의 말이 떠올랐다. 누구도 피할 수 없는 긴 여행을 남편이 먼저 떠났다. 연수는 계획되지 않은 남편의 여행을 받아들이기가 힘들었다. 어쩌면 세상에 혼자 남겨졌다는 사실을 외면하고 싶었는지도 모른다.

연수는 숙소로 돌아와 강 변호사에게 보험 처리를 부탁했다. 위임장을 팩스로 보내고 나니 정말 남편이 세상에 없다는 사실이 뼛속까지 느껴졌다.

방문을 노크하는 소리가 들렸다. 밥이 코코넛 워터와 바게트 샌드위치가 담긴 쟁반을 들고 서 있었다.

"브라이브예요."

"왓?"

"뇌물. 나 한국어 배우고 싶어요. 수 곧 떠날 거잖아요. 한국 사람들 많이 오는데 수도 없으면 나 어떡해."

덩치에 어울리지 않는 밥의 목소리와 표정에 연수의 입꼬리가 슬그머니 올라갔다.

"당분간 여기에 있을 거예요. 대신 놈빵 빠테는 매일 먹을 수 있죠?"

밥은 양어깨를 으쓱하며 오브 코스를 반복했다. 연수는 코코넛 워터로 목을 축이고 나서 놈빵 빠테를 손에 들었다. 바게트를 와삭와삭 씹으며 입가에 흘러내리는 소스를 닦아냈다. 그동안 밀린 식사를 몰아서 하는 것 같았다. 밥은 흐뭇한 표정으로 연수를 바라봤다. 서쪽 하늘이 붉어졌다.

칼과 슈왈츠 마돈나

지선은 아침 회진이 끝나고 햇살이 잘 드는 창가에 섰다. 눈이 시리도록 하늘이 맑고 파랬다. 손끝으로 살짝만 건드려도 푸른 물이 새어 나올 듯했다. 지선은 커피잔을 두 손으로 감싸며 향을 먼저 음미했다. 예가체프 특유의 군고구마 향이 비강을 통과했다. 지선은 커피 한 모금을 혀끝에서 굴리며 홍차에 레몬을 띄운 것 같은 시고 달콤한 맛이 번져 오기를 기다렸다.

아무 맛도 나지 않았다. 언제부터라고 콕 집어 말할 수는 없지만, 지선은 음식의 맛을 느끼지 못했다. 대신 후각이 민감할 정도로 발달되어서 주변 사람들은 지선의 변화를 알아차리지 못했다. 지선이 남은 커피를 마셔야 할지, 아니면 버려야 할지 망설이고 있을 때 전화벨이 울렸다.

응급실 호출이었다. 오늘, 지선은 응급실 담당의가 아니었다. 하지만 코드블루 사인을 외면할 수 없었다. 지선은 들고 있던 컵을 쓰레기통에 던졌다. 손끝에 커피 물이 튀어 올라왔지만 개의치 않고 하얀 캔버스화 뒤축을 올려 신고 달려갔다. 탁탁탁탁, 무겁고 급한 소리가 복도에 울렸다.

응급실 앞에서 한 남자가 서성거리고 있었다. 고개를 숙이고 오가던 남자는 두 손을 움켜쥐고 응급실 문을 바라보고 있었다. 유리문이 열리기를 기다리며 멀리 가지도 못하고 문 주변에 서 있었다. 남자의 입술이 소리 없이 움직였다. 지선은 남자가 긴 기다림 속에 처해 있다는 사실을 알 수 있었다.

갑자기 지선의 코끝에서 요오드 용액과 혈액
응고제가 피에 섞일 때 나는 것 같은, 비릿하고
쓴 냄새가 올라왔다. 지선은 왼쪽 가슴에 손을
올리며 깊은숨을 토해 냈다. 순간 남자가 돌아
섰다. 남자는 지선과 눈이 마주치자 성큼 다가
왔다. 지선이 움찔거리며 뒤로 물러섰다.

"선생님, 제발… 아들을 살려 주십시오."

남자는 대뜸 지선의 팔을 붙들고 아들을 살
려 달라고, 소금기가 버석거릴 것 같은 얼굴을
들이밀며 그냥 살려만 주세요, 라는 말을 반복
했다. 남자의 푸른색 셔츠는 구겨지고 눈은 충
혈돼 있었다. 주변에 있던 사람들이 지선과 남
자를 빤히 쳐다봤다. 무방비 상태로 노출된 지
선의 살갗에 오돌토돌 소름이 올라오기 시작
했다.

"그냥, 사고였잖아."

지선은 굵은 핏줄들이 튀어나온 팔을 감아
끼고 지껄였던 남자의 말과 표정이 떠올랐다. 지

선은 남자의 손을 뿌리치고 응급실 문을 열고 들어갔다. 남자는 지선의 뒤를 따라가다가 유리문 앞에서 돌아섰다.

오토바이 사고로 실려 온 환자는 머리 부분이 많이 손상되어 있었다. 심박수와 혈압은 현저하게 떨어져 있었고 의식도 없었다.

지선은 산소 호흡기를 통해 간신히 숨을 쉬고 있는 환자의 얼굴을 내려다봤다. 사고로 얼굴이 심하게 부풀어 올랐지만, 환자가 십 대 남학생이라는 걸 짐작할 수 있었다.

"환자 상태는요?"

"생존 가망이 없어 보입니다."

담당의는 안타까운 표정을 지었다. 지선을 호출해서 미안하다는 말과 함께 병원장의 부탁이어서 어쩔 수 없었다는 말도 덧붙였다.

지선의 시선이 환자의 목 주변으로 향했다. 환자의 목에는 옅은 흉터가 있었다. 지선은 흉터에 시선을 고정했다. 부일이었다. 이런 곳에서 부일을 만나리라고 생각하지 못했다. 지선은 가슴이 울렁거려 서 있을 수가 없었다. 손으로 입을 틀어막고 응급실을 빠져나왔다.

남자가 기다렸다는 듯이 다가왔다. 지선은 마지못해 걸음을 멈추었다. 눈을 깜박이며 의사와 보호자 사이에 존재하는 틈을 메우기 위해 적당한 말을 찾으려고 애썼다. 무슨 말로도 비극적인 상황을 희석할 수 없었다.

"죄송합니다. 제가 할 수 있는 일이 없습니다."

남자가 고개를 푹, 떨구었다. 지선은 두피가 훤히 들여다보이는 남자의 머리를 팔꿈치로 찍어 누르고 싶은 충동을 느꼈다. 시간이 흘렀어도 남자는 여전히 뻔뻔하고 이기적이었다. 타인의 감정 같은 것은 전혀 안중에 없었다. 남자는 고개를 들고 두 손으로 얼굴을 쓸어내렸다. 지선은 남자를 향해 목인사를 건네고 빠른 걸음으로 응급실 복도를 벗어났다.

지선은 진료실 책상 위에 놓인 가족사진을 바라봤다. 준용과 지선 사이에서 리안이 환하게 웃고 있었다. 그때 휴대전화의 진동이 울렸다. 선생님, 점심 같이해요, 김 선생의 문자였다. 지선은 아무하고도, 세상에 속한 일을 하고 싶지 않았다. 그냥, 말도 안 되는 상황에서, 개떡 같은 기분에서 벗어나고 싶었다.

지선은 두통을 핑계로 병원 밖으로 나왔다. 꽃축제를 앞둔 공원에는 명도와 채도를 달리한 장미꽃이 흐드러지게 피어 있었다. 장미꽃을 배경으로 졸업사진을 촬영하는 아이들의 깔깔거리는 웃음소리가 지선의 귓가를 맴돌았다.

지선은 걸음을 멈추고 물끄러미 아이들을 바라봤다. 회색 체크무늬 교복을 입은 남학생들이 손가락으로 하트 모양을 만들며 비스듬히 카메라를 향해 섰다.

좋아요, 한 번 더, 사진사는 연신 셔터를 눌렀다. 지선은 누군가를 찾으려는 듯 안간힘을 쓰다가 벤치에 주저앉았다. 가벼운 바람에도 뿌리가 뽑혀 부유하는 식물처럼 지선은 훅 불면 어디론가 날아갈 듯 보였다.

"아들! 엄마 일찍 퇴근할게. 이따가 보자."

지선이 리안의 방문을 열고 다정하게 말했다. 리안의 생일 하루 전날이었다. 근사한 저녁 식사를 하고 생일날은 바다를 보러 가자, 라는 말에 리안은 대답하지 않았다. 알 듯 모를 듯 한 얼굴로 지선을 빤히 쳐다봤다. 깊은 쌍꺼풀과 흰 피부, 가는 뼈대를 가진 리안에게서는 사춘기를 알리는 신체적 변화를 찾아볼 수 없었다.

"울 아들 언제 수염 나지?"

지선이 리안의 얼굴을 쓰다듬었다. 리안이 놀란 듯한 표정을 지으며 뒤로 물러났다. 자신의 손길을 피하는 리안을 보자 지선은 가슴이 서걱거렸다. 며칠 사이에 리안의 얼굴이 핼쑥해진 것 같았다. 어디 아프니? 물어보려다가 지선은 하긴, 중2니까, 하는 생각에 하고 싶은 말을 삼켰다. 현장학습 가는 아이를 붙들고 얘기를 한다는 것은 시간 낭비였다. 더구나 중요한 수술이 잡혀 있어서 마음의 여유도 없었다.

지선은 병원에 도착하자마자 수술실로 향했다. 뇌사상태 환자의 보호자는 네이처지에 실린 지선의 논문을 읽었다면서 장기 기증을 결정하기 전에 지선에게 재진단을 의뢰했다. 환자의 생사를 결정하는 수술이었다.

환자의 오른쪽 눈동자는 움직임이 없었다. 날카로운 주삿바늘을 꽂아도, 전혀 반응을 보이지 않았다. 마취 상태를 점검한 후, 김 선생이 환자의 머리를 톱날로 잘랐다. 윙 소리와 함께 붉은 피가 스며 나왔다.

지선은 두개골을 열고 엉겨 있는 피딱지를 먼저 제거했다. 사고로 생긴 혈전이 기저동맥을 막고 있어서 연수에 병변이 생겼고 오른쪽 중대뇌동맥에서는 미세한 출혈이 진행 중이었다. 다행히 대뇌와 소뇌는 정상이었고 교뇌 가장 앞쪽을 지나가는 운동신경이 손상을 입어서 얼굴을 포함한 팔다리가 움직이지 못하는 상태였다. 지선 생각에 뇌와 몸의 대화가 끊어져서 외부 자극에 반응을 못하기 때문에 뇌사상태로 판단한 것 같았다. 지선은 뇌사가 아니라 락인 증후군이라고 진단을 내렸다. 지선의 진단에 김 선생은 동의하지 않았다.

"교수님, 경동맥 초음파와 경두개 초음파 결과를 종합하면 이 환자는 MCS가 맞습니다."

"김 선생의 의견에도 일리는 있는데 내 진단이 맞는 것 같아. 환자 상태를 고려해서 추골동맥과 뇌저동맥의 혈전을 녹이는 재관류를 먼저 할 거야. 수술이 끝나면 가장 먼저 자가 호흡이 가능한지 확인해야겠지. 당장 큰 변화는 없겠지만 시간이 지나면 소실되었던 운동기능이 회복될 수 있을 거야."

"교수님은 이 환자가 깨어날 수 있다고 생각하십니까?"

"아마도⋯. 미주신경에 전극을 박아 지속해서 전류를 흘려보내면 뇌파가 반응할 거야. 움직이고 말할 수는 없겠지만, 안구를 움직여서 의사

소통은 할 수 있겠지."

"락인 상태로 생명을 유지하고 싶은 사람이
있을까요? 너무 잔인하잖아요."

"김 선생, 이 환자가 네 자식이라도 그런 말
할래?"

지선의 단호한 태도에 김 선생은 더는 대꾸
하지 않았다. 수술을 진행하는 동안 지선은 수
시로 환자의 뇌파 상태와 혈류의 흐름을 점검해
가면서 오른쪽 눈의 봉합수술까지 마쳤다. 환자
의 맥박과 심장 박동수는 정상이었다. 정지에
가깝던 뇌파가 불규칙적으로 움직였다. 10시간
의 수술 과정을 지켜보던 수련의들이 소리 없이
손뼉을 쳤다. 지선의 눈이 반짝였다.

지선은 수술실 밖을 지키고 있던 보호자에게
수술 결과를 설명하며 수술 후의 치료와 예후
에 대해 가능한 긍정적으로 말했다. 나중에 왜
살렸어요? 라는 환자의 원망을 듣더라도 보호
자가 지금의 선택을 후회하지 않기를 바랐다.

주머니에서 휴대전화가 울렸다. 전화 이모티

콘 옆에 붉은색으로 10이라는 숫자가 보였다. 모두 리안의 담임에게서 걸려 온 전화였다. 다시 문자가 도착했다. 지선은 수술 가운을 입은 채 병원을 뛰쳐나갔다.

지선은 담임이 말한 병원으로 어떻게 갔는지 생각나지 않았다. 남편 준용이 먼저 와 있었다. 지선은 수술 가운을 입은 채, 저도 의사예요. 수술실에 들어가게 해 주세요, 의료진에게 사정했다. 간호사는 난처한 표정을 지으며 가족은 출입할 수 없습니다, 라는 말만 되풀이했다. 부탁을 거절당한 지선은 안절부절못하며 수술실 앞을 서성거렸다.

준용이 지선의 어깨를 안아 대기실 의자에 앉혔다. 둘은 서로를 쳐다봤다. 준용은 지선에게 뭔가 말해 지선을 안심시키고 싶은데, 그도 두려웠다. 준용은 지선의 손을 꼭 잡았다. 손을 맞잡으니, 마음이 한결 나아졌다. 맞잡은 손바닥이 축축이 젖었는데도 준용은 지선의 손을 놓지 않았다. 지선이 소리 없이 입술을 움직였다. 준용도 따라 했다.

시간이 흐를수록 준용의 마음속에, 어떤 믿음이 생겨났다. 지선과 준용은 입술을 꾹 다물고 서로를 다독이며 전광판 앞으로 가까이 다가갔다. 리안의 이름 옆에 수술이 끝났다는 알림이 올라오자마자 둘은 수술실 앞으로 달려갔다.

잠시 후 하얀 시트로 덮인 바퀴 달린 침대가 먼저 나왔다. 둘은 리안이 나오기를 기다렸다. 초록색 모자를 벗어 손에 쥔 의사의 말을 듣고 준용의 무릎이 힘없이 꺾였다. 지선은 흰 시트를 걷고 리안의 얼굴을 쓰다듬다가 얼굴을 묻고 흐느꼈다. 의료진의 만류에도 침대 다리를 붙들고 매달렸다. 하얀 가운을 입은 직원이 지선의 손을 떼어내고 나서 침대를 밀며 수술실 복도를 빠져나갔다. 리안을 실은 침대는 쉐웩쉐웩, 바퀴

가 뭉그러지는 소리를 냈다. 지선이 바닥에 주저
앉았다.

수술실 앞을 지키며 바쁘게 전화를 주고받던
리안의 담임이 지선과 준용 앞으로 다가왔다.

"반 아이들이 말하길 리안이가 발을 헛디뎠
다고 했습니다. 당시 저는 화장실에 다녀오느라
리안이가 호수에 빠진 걸 보지 못했습니다. 사고
를 막지 못해 죄송합니다."

담임이 정중하게 고개를 숙였다. 담임의 몸은
온통 땀과 물에 젖어 있었다. 순간 준용은 리안
의 부탁을 들어주었다면… 뒤늦은 후회를 하며
가슴을 쳤다.

지선이 먼저 출근한 후, 준용은 방송 촬영 준
비 때문에 분주히 방을 오갔다. 평소에 넥타이
와 와이셔츠를 골라 주고 프로그램에 대해 리뷰
를 해 주던 리안은 준용이 옷을 들고 물어봐도
관심을 두지 않았다. 준용이 넥타이와 와이셔츠
를 고르느라 진을 빼고 있을 때, 리안이 불렀다.

"저기 아빠, 나 오늘 현장학습 안 가고 집에서 쉬면 안 될까?"

"왜?"

리안은 한참 동안 말을 하지 않았다. 준용은 손목시계를 들여다봤다. 더 이상 시간을 지체할 수 없었다. 지금 바쁘니까, 내일이 주말이니까, 그냥 다녀와서 저녁에 얘기하자, 라며 리안을 달랬다. 리안이 좋아하는 크림 파스타를 먹고 나서 함께 게임을 할 생각이었다. 당연히 매일 마주하는 평범한 일상에 대해 의심하지 않았다.

담임은 주저앉은 지선을 일으켜 어깨를 토닥였다. 지선은 담임이 이끄는 대로 몸을 맡겼다.

"리안 어머니, 충격이 크시겠지만, 반 아이들을 위해서라도 될 수 있으면 장례를 빨리 진행했으면 합니다. 곧 중간시험인 것 아시죠."

담임은 한 명의 죽은 아이와 아이를 잃은 부모의 슬픔보다 남은 24명 아이의 성적을 우선에

두었다. 지선은 목에 힘줄을 세우거나 담임을 질
책하지 않았다. 대책 없이 눈물만 흘렸다. 담임
의 낮고 간곡한 부탁에 준용만 고개를 끄덕였
다. 담임이 잡았던 손을 놓자, 지선이 수술실 유
리창에 기대어 늘어졌다. 그러다 교복을 입은 남
학생과 눈이 마주치자, 몸을 벌떡 일으켰다. 리
안의 단짝 성훈이었다. 성훈을 보자 지선은 참
고 있었던 소리를 토해 냈다.

"왜, 리안이가…."

"그냥 장난이었어요. 리안이도 같이 장난치
는 줄 알았어요."

"무슨 장난?"

준용이 큰 소리로 묻자, 성훈은 눈물을 훔치
며 병원 밖으로 뛰쳐나갔다.

장례를 마친 뒤, 지선은 학교에서 보내온 리
안의 소지품 상자를 열었다. 노트와 책, 삼선 슬
리퍼, 에어팟 등을 꺼내는 지선의 손이 후들거
렸다. 떨림은 쉽게 멈추지 않았다. 상자 맨 밑바

닥에 휴대전화기가 있었다. 지선은 플러그를 꽂고 첫 화면을 터치했다. 치타가 마른 수풀 사이에서 초원을 응시하고 있었다. 치타의 눈이 슬퍼 보였다. 비밀번호를 입력했지만 실패했다. 두 번의 실패 끝에 휴대전화기의 잠김을 풀었다. 단톡방에 확인하지 않은 영상이 올라와 있었다. 영상을 재생하는 동안 지선은 숨을 쉴 수 없었다.

퇴근한 준용이 옆에 와서 보고 있다는 사실조차 몰랐다. 준용이 지선의 손에서 휴대전화기를 낚아채 영상의 출처를 확인하는 사이 지선은 부엌으로 달려가 칼을 들고 문을 나섰다. 준용이 따라 나갔지만, 지선의 차는 이미 출발한 뒤였다.

준용이 학교에 도착했을 때, 지선은 경찰과 대치 중이었다. 지선은 아이의 목에 칼을 들이댄 채 교실에 남아 있는 몇 명의 학생들을 노려봤다. 교실 밖에서 또 다른 아이들이 비명을 질렀다. 경찰의 설득에도 지선은 칼을 내려놓지 않았다. 지선의 손끝이 흔들리자, 아이의 목에서 피가 흘렀다. 아이의 교복 바지가 젖었다. 준용이 교실로 들어가 지선의 눈을 바라봤다. 분노와 절망으로 가득 차 있었다.

준용이 천천히 다가가 지선의 손에서 칼을 빼냈다. 배터리가 다 된 로봇처럼 지선은 몸을 멈칫하더니 고꾸라졌다. 다행히 아이는 큰 상처를 입지 않았고 목에 가벼운 흉터만 남았다. 그 사건으로 인해 지선은 정신과 치료 처분을 받았고 긴 병가를 냈다.

리안이 떠난 후 지선은 공원에 방치된 흉상 같았다. 절대 끝나지 않을 것 같은 긴 터널로 들어간 듯했다. 물 이외에 모든 음식을 토해 내면서도 지선은 책상에 앉아 컴퓨터로 뇌수술 장면을 반복해서 봤다. 병문안 온 김 선생이 교수님 락인 환자가 왼쪽 눈으로 대화를 시작했어요, 하자 희미한 미소를 지었다.

6개월의 치료를 끝내고 지선은 병원으로 돌아갔다. 한동안 수술에서 제외되었지만, 지선은 다시 수술을 집도했다.

정신과 의사인 준용은 퇴근하고 돌아오면 지선과 대화를 나누고 그 내용을 기록했다.

"화나면 소리치고 슬프면 울어. 참지 말란 말이야!"

지선의 침묵에 지친 준용이 가끔 이성을 잃고 소리치면 지선은 감정이 제거된 눈으로 준용을 올려다봤다. 지선의 눈동자가 지나치게 고요해서, 준용은 그 고요한 상태가 늘 마음에 걸렸다.

지선은 주기적으로 성훈을 만났다. 성훈을 만날 때마다 지선은 지나가는 말로 부일이는 여전해? 담임은? 이제는 상관이 없어진 이들의 안부를 물었고, 운동을 시작했다. 지선은 6개월 간격으로 종목을 바꾸어 가며 운동에 열중했다. 의사 국가시험을 준비하듯 수영을 배우고 줌바 댄스를 추고 틈틈이 골프 연습장에도 다녔다. 운동을 시작하고 나서 지선의 말수가 늘었다. 지선은 눈을 치켜뜨며 빨간 수영복을 입은 여자가 있는데 남편과 바람난 여자를 추적하기 위해 운전을 배웠대. 웃기지, 라며 웃음기 없는 얼굴로 말했다. 구슬이 달린 치마를 흔들며 줌바 댄스를 추는 여자가 암에 걸렸다는 이야기를 환한 얼굴로 말했다.

운동을 같이하는 여자들의 불운을 이야기할 때면 지선의 눈에 생기가 돌았다. 지선을 보며 준용은 안심하다가도 지선의 까만 눈동자에 스치는 차가운 기운에 어깨를 움츠렸다. 찰나였다. 돌아서서 자세히 들여다보면 여리고 선한 눈빛으로 돌아가 있었다.

집에 도착하자마자 지선은 칼꽂이에서 작은 칼을 꺼내 칼날을 갈았다. 세계 뇌 의학회에 참석하기 위해 프랑크푸르트에 갔다가 갤러리아 백화점에서 산 칼이었다. 지선은 소파에 앉아 티브이를 켰다. 채널을 홈쇼핑에 고정하고 마늘을 까기 시작했다. 생각이 많을 때면 지선은 마늘을 깠다. 텔레비전 소리를 들으며 마늘을 까면 이상하게 마음이 평온해졌다. 날카로운 칼끝에서 마늘 꼬투리가 삭둑, 잘려 나가면 가슴이 후련했다. 그동안 지선은 수없이 많은 마늘을 깠다.

지선은 시간을 확인하고 나서 칼로 아스피린 반 알을 으깨어 장미 꽃병에 넣었다. 그리고 하얀 앞치마의 끈을 팽팽히 잡아당겨 앞쪽에 묶고 마른미역을 물에 담갔다. 찹쌀을 박박 문질러 씻은 후 밤과 은행을 곁들여 압력밥솥에 넣었다. 건져 낸 미역을 들기름에 볶은 후 생강즙에 저민 우럭살을 넣어서 한 번 더 볶아 육수를 부었다. 우럭의 머리와 뼈를 고아 낸 뽀얀 육수에서 맑은 기름이 떠올랐다. 목이버섯과 부추를 넣은 잡채를 만들고 감자를 얇게 썰어 볶고, 싱싱한 시금치를 삶아 무쳤다. 바닷바람을 맞고 자란 시금치에서는 단 냄새가 났다. 고춧가루와 올리고당을 넣은 어묵조림을 하다가 부엌 창문을 열었다. 고춧가루가 눈에 들어갔는지, 지선은 자주 휴지로 눈가를 닦았다.

현관문 소리와 함께 준용이 들어왔다. 손에는 아이스크림 케이크가 들려 있었다.

"옷 갈아입고 와요."

지선이 라에 가까운 음높이로 말했다. 노래를 읊조리며 케이크를 테이블 위에 세팅하고 촛대에 불을 켜는 지선은 약간 들떠 보였다. 핏빛 장미가 불빛에 어른거렸다.

"슈왈츠 마돈나네."

준용의 말에 지선이 돌아보며 활짝 웃었는데, 준용은 이상하게 지선의 미소가 슬퍼 보였다. 슈왈츠 마돈나는 리안이 자신의 생일 때마다 지선에게 선물한 장미꽃이었다. 꽃을 받을 때면 지선은 장미꽃보다 더 환한 웃음을 지으며 리안을 스윗 가이, 라고 불렀다. 준용이 행복이란 단어를 떠올리면 슈왈츠 마돈나 이미지가 먼저 펼쳐졌다.

리안이 떠난 후, 슈왈츠 마돈나도 집에서 사라졌다. 그런데 어느 날부터인지, 돌이켜 생각해 보면 학회를 다녀오거나 리안의 생일 무렵이면 지선은 슈왈츠 마돈나 한 단을 사 들고 왔다. 옅은 미소를 지으며 꽃병에 꽃을 꽂는 지선을 볼 때면, 준용은 돌아서서 손가락으로 눈언저리를 찍어 냈다.

준용은 지선과 자신의 잔에 와인을 따르며 아무 말도 하지 않았다. 시라즈 와인 한 병을 마시는 동안 그들은 말없이 슬쩍슬쩍 서로의 안색을 살폈다. 케이크가 녹아서 흘러내렸다. 케이크는 내일 먹을까? 준용이 케이크를 냉동실에 넣으며 지선을 정면으로 쳐다봤다. 새끼손가락 끝에 바닐라 시럽이 묻었는데도 지선의 표정에는 변화가 없었다. 와인글라스에 시선을 고정한 채 앉아 있었다.

지선은 모든 감정을 냉동실에 얼려 둔 것 같았다. 준용은 식탁을 치우고 설거지하다가 문득, 전자레인지를 얼마나 돌려야 감정을 해동할 수 있을지, 상온에서 절대 녹을 것 같지 않을 지선의 마음에 대해 생각에 잠겼다.

"사랑해."

샤워를 끝낸 지선이 준용을 뒤에서 안았다. 지선의 몸은 뜨거웠다. 지선이 준용을 침실로 이끌었다. 준용은 지선의 모습에 당황하면서도 한편으로는 설렜다. 그동안 그들은 같은 침대에서 등을 돌리고 될 수 있으면 멀리 떨어져 잤다. 여전히 그들이 서로를 사랑한다는 게 죄스러웠다. 준용의 몸 위에서 헉헉, 신음을 내던 지선이 갑자기 준용의 목을 졸랐다. 준용이 숨을 헐떡거렸다. 이대로 죽었으면 좋겠다, 고 생각했다. 정신이 아득히 멀어지는 찰나 지선이 준용의 몸 위에서 내려와 바로 잠이 들었다. 지선의 눈가에 물방울이 맺혀 있었다. 준용은 이불을 끌어 올려 지선의 어깨를 덮어 주었다. 지선 쪽으로 몸을 돌린 준용은 한쪽 팔을 괴고 쉬 잠들지 못했다. 지선의 숨소리가 규칙적으로 오르락거렸다.

아침 일찍 일어난 지선은 리안의 생일상을 차
렸다. 미역국에 밥을 말아 어묵조림을 먹으며
준용이 자주 컥컥거렸다. 지선은 어묵조림을 입
안에 넣고 천천히 씹고 되씹었다. 준용은 지선이
억지로 울음을 참고 있다고 생각했다. 어묵조림
은 리안이 가장 좋아했던 반찬이었다.

"아들! 엄마 다녀올게."

3년이 지났지만, 지선은 변함없이 리안의 방
문을 열고 말했다. 다른 날보다 유난히 밝은 목
소리로 말하는 지선의 뒷모습에서 말린 장미
냄새가 났다. 준용의 등줄기에 서늘한 기운이
지나갔다. 준용은 이상한 예감을 억누르며 서
재로 들어가 불빛이 깜박이는 지선의 노트북을
열었다.

'락인 증후군' 파일이 열려 있었다. 락인 증
후군 환자를 치료하는 프로그램과 그에 따른
부작용이 쓰여 있었다. 파일을 닫자, 영화 화면
이 열렸다. 댄젤 워싱턴이 총을 쏘는 장면에서
화면이 멈춰 있었다. 영화 화면을 닫자, 뉴스 기

사가 열렸다. 날짜 순서대로 스크랩한 기사는 죽음에 관한 것이었다. 자궁암이나 교통사고 후유증으로 인해 우울증을 앓은 여자가 자살로 생을 마감했다는 내용이었다. 기사는 우울증의 위험성과 치료에 초점이 맞추어져 있었고 기사 말미에는 준용이 집필한 책 내용이 참조되어 있었다.

뭐지? 꺼림칙한 생각에 준용은 그간 지선을 관찰한 파일을 열어 여자들이 죽은 날짜를 찾아 내용을 확인했다. 여자들이 죽은 날짜와 지선이 학회에 참가한 날짜가 같았다. 불안이 준용의 심장을 날카롭게 파고들었다. 지선의 학회 참가 사실 여부에 대해 준용은 여태껏 의문을 품지 않았다. 준용은 그동안 지선이 말했던 여자들이 리안의 담임과 부일의 엄마일지도 모른다는 생각에 마음이 쿵, 내려앉았다. 설마? 여자들의 신원을 확인한 건 아니잖아…. 준용은 스스로를 안심시켰다.

학회에 다녀온 날이면 지선은 오랫동안 서재

에 앉아 있었다. 준용은 지선이 보고서를 작성한다고 여겼다. 준용은 기사 사진을 확대해서 손목에 난 상처를 자세히 살펴봤다. 의심할 여지가 없었다. 자해 흔적이었다. 하지만 하나같이 오른쪽 손목에 엄지손가락 크기의 멍이 들어 있었다. 무엇인가가 준용의 마음속에서 허물어지는 소리가 들렸다.

준용은 부엌으로 달려가 칼꽂이를 확인했다. 칼은 제자리에 꽂혀 있었다. 준용은 혹시나 하는 마음에 칼을 꺼냈다. 칼에는 어떤 흔적도 남아 있지 않았다. 반짝반짝 날이 서 있었다. 형광등에 반사된 칼날은 마치 사냥을 준비하는 치타의 이빨 같았다.

응급실에서 지선을 다시 호출했다. 하룻밤을 넘긴 부일은 호흡기에 의지해 가늘게 숨을 쉬고 있었다. 생명이 꺼져가고 있는 부일을 보자 지선은 마음이 착잡했다. 가까이서 환자들의 죽음을 지켜보았지만 어떤 경우이든 가볍거나 익숙한 죽음은 없었다. 죽음은 수많은 질문에 늘 침묵했고 곱씹어도 명확한 이유를 찾거나 미리 방지하기도 어려웠다. 부일을 보고 있노라면 리안이 물속에서 서서히 가라앉는 장면이 떠올랐다. 더구나 수영을 잘했던 리안이 물속에서 빠져나오지 못했다는 사실을 받아들이기 힘들었다. 생각은 항상 왜? 에서 멈춰 한 발짝도 나아가지 못했다.

지선은 나직이 한숨을 내쉬며 부일의 뇌 스캔 영상을 들여다보다가 낡은 권투 글러브와 같이 생긴 곳을 주시했다. 퍼뜩 지선의 머릿속에 작은 불빛 하나가 깜박였다. 어쩌면 조그마한 링 안에서 부일과 쉬 끝나지 않을 권투 시합을 치러야 할지도 모른다는 생각이 들었다.

"의지가 강한 환자네요. 먼저 보호자에게 환자의 상태를 알리고 선택하도록 하시죠."

지선은 부일의 아버지와 마주치고 싶지 않았

다. 담당의는 부일의 아버지와 면담을 끝낸 후, 아들의 생사를 지선에게 맡긴다, 는 말을 전했다. 지선은 갑자기 머릿속이 투명해지는 것 같았다. 아주 투명한 유리 상자 안에 들어 있는 자신의 뇌를 들여다보는 기분이 들었다.

갑자기 날카로운 칼날이 지선의 뇌를 파고들었다. 지선의 호흡이 거칠어지고 팔이 후들거렸다.

"선생님, 어디 편찮으세요?"

담당의가 걱정스러운 얼굴로 물었다. 자기 마음을 들킨 것 같아서, 지선은 두려웠다. 수술칼을 들면 자신도 모르게 부일의 목을 부욱, 찢어놓을 것만 같은, 뼈가 바스러지는 소리가 날 때까지 칼질을 멈추지 않을지도 모른다는 생각에 이르자 지선은 몸을 부르르 떨었다. 지선은 담당의에게 수술을 맡기고 도망치듯이 응급실을 나왔다.

부일 아버지가 지선의 팔을 붙잡았다.

"선생님, 도와주십시오. 부탁드립니다."

양손을 맞잡은 부일 아버지가 어깨를 들썩였다. 남자의 걱정이 지선의 가슴속까지 전해져 왔다. 동시에 리안의 사고에 대한 지선의 물음에 걍, 장난이었어요, 라고 가볍게 대답하던 부일의 표정이 겹쳤다. 증오와 연민이 지선의 마음을 헤집어 놓았다. 부일은 지선이 삶을 지탱하는 이유였다. 바닥을 알 수 없는 늪에 한없이 가라앉다가도 부일을 생각하면 다리와 팔에 힘이 들어갔다. 지선은 적을 앞에 두고서도 선택을 망설이는 자신이 혐오스러웠다. 지선이 아랫입술을 질끈, 깨물었다.

수술 준비를 위해 머리카락을 밀고 나자, 절반 이상이 함몰된 부일의 두피가 드러났다. 신기하게도 파르스름한 생기가 남아 있었다.

매일 밤 지선은 부일을 잔인하게 죽이는 상상을 했다. 그러나 한 번도 마음이 개운하지 않았다. 마침내 상상했던 일에 마침표를 찍을 수 있는 순간이 왔다. 수술 중 부일이 죽는다고 해도 자신에게 책임을 묻는 사람이 없다는 사실을 지선은 잘 알고 있다.

부일의 꺼져가는 숨소리가 무언의 전류를 흘려보내는 것 같았다. 동시에 부일 아버지의 충혈된 눈이 오버랩됐다.

"선생님, 수술 부위를 분담해서 진행하시죠."

담당의 제안에 지선은 고개를 저었다. 지금부터는 무엇보다도 시간과 정확도가 중요하기 때문이다. 지선은 신속하게 임무를 완성하고 싶었다. 지선은 원래 상처보다 조금 아랫부분에서 두개골을 절단했다. 수술 전 확인한 MRI 사진에서 예단했던 것보다 함몰 부위가 넓었다. 일반적인 측두엽 절제 수술은 불가능했다. 뇌전증로 차단술을 진행하면 급작스러운 전신성 경련이 올 수도 있었다. 지선은 신경 자극술을 시행하기로 했다. 10번 뇌신경, 미주신경은 뇌의 여러 넓은 영역과 연결되어 있어, 특수한 전기자극 시 뇌전증 발작을 억제할 수 있기 때문이었다.

지선은 숙련된 솜씨로 전기자극 발생기와 미

주신경을 자극하는 전극을 체내에 삽입했다. 김 선생과 담당의는 지선이 전기자극 회로와 신경 자극 회로를 연결하는 것을 지켜봤다. 수술이 비교적 간단해서 부일 같은 환자에게는 부담이 적고, 자극과 관련된 합병증은 외부에서 자극 강도를 조절해서 없앨 수 있으므로 적절한 수술 방법이었다.

하지만, 김 선생은 지선이 왜 무리한 수술을 자원해서 진행하는지 이해하기가 어려웠다. 더구나 환자의 생명을 보장할 수 없는 상황이었고, 그로 인해 지선에게 득이 될 만한 것도 없었다. 김 선생은 지선을 흘끗 쳐다봤다. 지선의 눈은 열의에 차 있었고 어떤 망설임도 없어 보였다. 첫 락인 증후군 환자를 수술할 때와 비슷하면서도 뭔가 말로 표현하기 어려운 기운이 느껴졌다.

지선은 전기회로와 신경회로를 연결하려다 잠시 생각에 잠겼다. 안구의 움직임을 조절하는 근육을 되살리고 시상하부 밑의 교감신경계에 전류를 흘리면 인지력은 강화되지만, 갑자기 몰아치는 아드레날린으로 인한 충격으로 심정지가 올 수 있기 때문이었다.

심. 정. 지.

지선은 망설였다. 조금만 넘치면 부일은 견디지 못하고 죽을 것이다. 그러면…. 적에 대한 처벌이 마무리될 거라는 생각에 지선은 가슴이 뻐근했다.

뻑, 삐익, 삐익-.

비프음이 길게 울리고 그래프의 곡선이 급격하게 하강했다. 지선이 갑자기 칼을 내려놓고 두 손을 번쩍 들었다. 예상치 못한 출혈이 시작됐는데도 지선은 아무런 처치를 하지 않았다.

김 선생이 급하게 출혈 부위에 거즈를 밀어 넣었다.

"교수님, 무슨 문제라도 있습니까?"

김 선생이 낮은 목소리로 물었다. 지선은 마치 다음 수술 과정을 염두에 두고 잠깐 생각에 잠긴 것 같은 표정을 지었다. 이윽고 로봇 팔을 이용해 측두엽에 전기자극 회로를 연결하면서 전두엽의 브로카는 남겨 뒀다. 김 선생이 전두엽의 브로카를 완전히 연결하지 않는 이유를 물었다. 지선이 미간을 찌푸렸다.

"넘치는 것보다는 조금 부족한 것이 나아. 급격한 변화는 오히려 환자에게 해가 될 거야."

"교수님, 나머지 신경회로는 언제 연결할 예정입니까?"

"확정하기 어렵지. 환자 경과를 보면서 진행할 거야. 환자에게 자기 몸과 대화할 수 있는 시간을 주고 싶어. 그게 희망이든 절망이든 생각은 사람의 뇌를 깨어 있게 하는 원동력이니까. 지속해서 미주신경을 자극하면 뇌전증 발작 횟수와 정도를 줄일 수 있을 거야. 일정 시간이 지나고 나서 자극 강도를 높이면 인지 능력은 회복될 수 있을 거야. 그래도 측두엽 위의 베르니케 영역은 살려 놓았으니까, 언어를 이해하는 데 문제는 없다고 봐."

김 선생은 지선의 말에 고개를 끄덕였다. 계

속되던 출혈이 봉합되고 고인 피도 깨끗이 제거
됐다. 내려가던 심장 박동수와 혈압이 정상 범
위로 올라오고 있었다. 잠시 멈췄던 뇌파가 다시
활동하기 시작하면서 규칙적인 비프음과 함께
그래프 곡선이 완만하게 움직였다. 지선은 중요
부위 수술을 마친 후, 마지막 두피 봉합수술마
저 직접 했다.

수술을 끝낸 후, 지선은 자가 호흡을 시작하
는 부일을 생각이 많은 얼굴로 내려다봤다.

회진에 들어가기 전 지선은 수술한 환자들의
차트를 먼저 확인했다. 수술 경과를 살피고 보
호자나 환자들의 불평 어린 고통을 들을 때면
등의 힘줄이 팽팽하게 당겨지는 느낌이 들었다.
무심한 척 건조한 대답을 하면서도 그들이 지선
의 말 한마디에 천국과 지옥을 오간다는 것을
잘 알고 있기 때문이다. 의기소침한 환자들과

그 가족들에게 적당한 말과 위로를 건네야 하는 일은 수술보다 많은 에너지를 요구했다.

　오전 회진 시간에 부일을 일반실로 옮겼다는 보고를 받고서 지선은 부일의 상태를 점검했다. 부일은 정상적인 속도로 회복 중이었다. 부일의 머리 위에 하얀 모자가 씌워져 있었다. 부일은 평생 머리 한쪽이 찌그러진 채 살아야 한다는 사실을 모를 것이다.

　"선생님, 부일이가 저를 알아볼 수 있을까요?"

　부일 아버지가 물었다. 지선을 대하는 남자의 태도가 전보다 조심스러워 보였다. 남자는 지선과 눈이 마주치면 고개를 숙이거나 황급히 시선을 돌렸다. 지선은 부일의 손을 살짝 잡았다. 자기 생각처럼 억세고 거친 손이 아니라 따스하고 보드라웠다. 지선은 얼른 부일의 손을 놓았다. 리안의 손과 다르지 않아서이다.

　지선이 부일의 양쪽 눈을 차례로 들여다봤다. 눈이 마주치자, 부일의 눈동자가 흔들렸다. 아주 잠깐이었는데, 지선은 그것을 놓치지 않았다.

"의사소통은 아직 할 수 없지만, 사람들의 말은 대부분 알아들을 수 있습니다. 시신경이 돌아오면 다음 수술을 진행할 예정입니다. 그러면 말도 할 수 있을 겁니다."

지선의 세심한 설명에 부일 아버지는 연신 눈을 훔쳤다. 지선의 마음 한구석이 욱신거렸다. 지선은 자신의 감정을 정확히 이해할 수 없었다. 흔들리는 마음을 붙잡기 위해 안간힘을 썼다.

부일은 의료진이 묻는 말에 어떠한 반응도 보이지 않았다. 반듯이 누워 천장에 시선을 고정했다. 마치 흰색의 단단한 깁스가 부일의 몸과 마음을 고정한 것 같았다. 부일은 삶의 목적을 잃어버린 듯했다. 대다수 전신 마비 환자들에게 볼 수 있는 초기 우울증 증상이었다. 강렬한 삶의 동기가 없는 환자들은 자해를 시도하곤 했다. 지선이 살려 놓은 환자도 혀를 깨물었다. 환자의 깊은 우울을 보며 지선은 환자의 생명을 연장한 자신의 결단을 자책했다.

지선은 부일이 또다시 죽음의 길로 들어가는

것은 보고 싶지 않았다. 될 수 있으면 부일이 오래오래 살아남아 자기 행동과 그로 인한 파장에 대해 후회하고 반성하기를 바랐다.

지선은 김 선생에게 의료진과 보호자를 데리고 나가라고 부탁했다. 그리고 침상 옆의 커튼을 치고 나서 부일의 얼굴을 붙잡고 귀에 속삭였다.

"너, 나 기억하고 있지. 리안이 엄마야. 이제 너는 네 마음대로 죽을 수 없어. 내가 너를 네 몸 안에 가뒀거든. 살아 있는 게 죽을 만큼 힘든 일이라는 걸 곧 깨닫게 될 거야."

부일이 눈을 부릅뜨고 지선을 노려봤다. 지선은 차가운 미소를 지으며 의기양양하게 말했다.

"혹시 네가 열심히 재활 치료를 받으면 움직일 수 있을지도 몰라. 복수하고 싶으면 해. 기다려 줄 테니까."

부일의 눈에 실핏줄이 돋아 올랐다. 지선은 부일의 눈동자가 수직으로 움직이는 것을 보며 다음 수술 날짜를 정했다. 커튼을 걷자 눈부신

형광등 불빛이 부일의 눈으로 쏟아져 내렸다. 부일이 눈을 깜박, 감았다 떴다. 지선은 부일의 시신경이 완전히 깨어났다고 확신했다. 순간 허탈감이 몰려왔다. 지선은 자신이 빈 깡통이 된 것 같았다. 증오가 빠져나간 자리에 깡통 마개가 돌아다니며 벽을 긁는 소리를 냈다.

끼익, 끼익, 끽 끽끽.

소리가 점점 크게 들렸다. 지선은 두 손으로 귀를 틀어막았다. 소리는 지치지 않고 볼륨을 더 높였다. 지선은 자기 귀를 도려내고 싶었다.

부일의 눈이 붉어지더니 물기가 차올랐다.

블랙
아
이
스

루벤디, 곧 폭풍이 몰려올 것 같아요. 숨이
막혀요.

메리는 가장 사랑하는 사람을 잃어버린 듯한
얼굴로 서 있었다. 자신을 멍하게 바라보는 내게
상자를 내밀었다. 평점이 5에 가까운 얀의 짐은
가로, 세로 50센티미터 상자에 담기에는 너무
적었다. 스테인리스 텀블러, 가족사진 그리고 스
파이더맨 장식이 달린 USB가 전부였다. 메리는
신중하면서도 침울한 표정으로 이런 일을 맡겨

서 미안하지만, 회사를 대표해서 얀의 아내에게 다시 한번 위로를 전해 주세요, 부탁했다. 바이크 사고로 목숨을 잃은 얀의 장례식에 참석하지 못한 대다수 직원은 메리의 말에 고개를 숙였다.

잠깐의 침묵, 짧은 탄식, 그리고 바쁘게 흩어지는 키보드 소리. 일상은 뫼비우스 띠처럼 흘러갔다. 얀이 사라져도 사무실 분위기는 달라진 게 없었다. 애초에 존재했던 흔적조차 없을 정도로 얀의 빈자리는 빠르게 메꿔졌다. 영업 이사로 승진을 앞둔 얀의 죽음으로 인해 부팀장이었던 메리가 얀의 업무를 이어받았다.

메리는 마치 얀의 부재를 예상이라도 한 것처럼 영업팀의 일정을 무리 없이 조율했다. 메리는 NGS 팀의 수석연구원인 내게 처리할 수 있는 표본의 양을 먼저 묻고 수주받은 물량을 기초연구실과 적절히 배분하고자 애썼다. 얀과 다른 업무 처리 방식에 대해 직원들은 긍정적인 반응을 보였다.

엉겁결에 얀의 유품을 받아서 들었지만, 마냥 서 있을 수는 없었다. 밀려드는 혈액 표본들을 분석해서 결과물을 보내야만 했다. 책상 위에 상자를 올려놓고 실험실로 향했다.

비노나가 오토매틱 리퀴드 핸들러를 이용해 추출한 실험 결과가 좋지 않아서 파이펫팅부터 다시 시작했다. 라이브러리 농도에 따라 DNA 길이나 염기서열에서 문제가 발생하기 때문에 파이펫팅은 중요한 첫 작업이다. 이어질 시퀀싱은 매우 섬세해서 시약이 용량보다 조금 적거나 많이 들어가도 오류가 발생하기 때문이다.

"어떻게 기계가 사람 손보다 부정확하냐고, 내 연봉의 몇 배나 되면서."

비노나는 실험 결과에 대한 오류를 기계 탓으로 돌리면서 내가 파이펫팅 하는 것을 지켜봤다. 수작업으로 하는 파이펫팅은 힘들기는 해도 기계처럼 용량이 정해져 있지 않기 때문에 연구원의 능력에 따라 처리 용량이 다르다.

일루미나의 노바식 6000에 넣을 플로셀을 구분하여 정확하게 300사이클 시퀀싱 시약을 넣었다. 잠시 후 스크린에 97퍼센트라는 숫자가 나타나자, 비노나는 멋쩍은 듯이 어깨를 으쓱했다. 짧은 시간 안에 많은 용량을 처리하느라 손목이 저리고 어깨에서는 뼈걱거리는 소리가 났다. 전기가 끊어지지 않는다면 48시간 뒤, 자료가 수집될 것이다. 데이터 변환에 필요한 러닝 타임을 점검하고 나서 손목을 주물렀다. 그래프와 숫자들을 분석해서 영업팀으로 보내면 일주일 동안의 야근이 끝난다.

"에일린, 어떻게 하면 너처럼 피펫팅을 정확하게 할 수 있지? 내가 보기엔 넌 기계보다 더 정확한 것 같아."

비노나가 팔짱을 끼며 물었다. 파이펫팅 전에 시약을 정확하게 계산하지 않는 자기 잘못을 모르는 듯했다. 네덜란드식 영어를 구사하는 비노나의 물음에 대수롭지 않게 대답했다.

"정확한 계산과 끊임없는 반복, 심플해."

잦은 실수를 반복하는 비노나에게 제발, 신경 좀 써. 잘 모르겠으면 실험 전에 물어보고. 네 뒤처리 하느라 어깨 빠지겠다, 라는 말이 튀어나올까 봐 입술을 지그시 깨물었다. 비노나는 자신의 실수로 추가되는 비용을 가볍게 생각했다.

NGS에 들어가는 시약들은 대체로 가격이 비싸다. 연구원의 실수가 잦으면 운영할 수 있는 연구비용은 줄어들 수밖에 없다. 팀의 연구비를 관리하는 입장에서는 예민한 문제이다.

HBC는 어느 누가 나서서 직원의 잘못을 지적거나 책임을 묻지 않았지만 얼마 후에 문제가 있는 직원은 회사에서 사라졌다. 회사 분위기상 나 또한 대놓고 싫은 소리를 할 수 없어서 불만을 꾹 삼켰다. 비노나가 자신의 실수를 기억하고 제발 반복하지 않기를 바랄 뿐이다.

우버 기사의 평점을 검색하고 나서 택시를 예약했다. 야근하는 날은 회사에서 택시비를 지급하기 때문에 망설이지 않아도 됐다. 직원에게 택시비를 주는 게 좋은 건지 야근하지 않는 게 좋은 건지 점점 판단 기준도 모호해진다. 우버가 10분 뒤에 도착한다는 문자를 받고 실험실을 나섰다.

복도에 있는 보안 카메라가 나의 동선을 따라 움직였다. 이제 익숙해질 때도 됐는데, 카메라의 눈길이 닿는 곳마다 소름이 돋았다. 누군가 손으로 움켜쥐면 흔적도 없이 녹아내릴 것 같은 느낌이 들었다.

내가 움직일 때마다 까만 렌즈 안에 붉은색 불빛이 들어왔다. 붉은색 동그라미가 로봇의 눈처럼 보였다. 긴 다리로 막아서서 강철 팔을 휘두르며 인간을 옴짝달싹 못 하게 하는 로봇 말이다. 히어로 영화에서는 인간이 로봇을 이기지만, 현실에서 인간은 기계를 상대로 싸움할 만큼 어리석지 않다.

마그리트의 거울 같은 게이트를 통과하자 검은색 스크린이 기다리고 있었다. 스크린에 정맥을 대자 이중 보안 문이 열렸다.

또 비가 내리고 있었다. 일주일째 내리는 비다. 유난히 비가 많이 내리는 암스테르담의 봄은 습기를 머금고 있다. 얀의 유품이 비에 젖을까 봐 우산을 씌웠지만 바람 때문에 별 효과가 없었다.

검은색 볼캡 아래로 숱이 많은 턱수염을 드러낸 우버 기사는 말이 없었다. 택시가 오솔길로 들어섰다. 하얀 자작나무 길이 이어졌다. 기사는 연신 와이퍼로 앞 유리를 닦았다. 헤드라이트 불빛이 번져서 눈이 내리는 것처럼 주변이 온통 하얬다.

얀의 유품을 테이블 위에 내려놓고 라디에이터 온도를 높였다. 긴장이 풀리자, 속이 쓰렸다. 입으로 쓴 물이 넘어왔다. 비노나의 일을 대신 처리하느라 점심을 거른 탓이었다. 휴대전화 스크린을 내려 주변 식당을 검색했다. 평점이 제일 높은 레스토랑에서 연어 샐러드와 감자튀김을 주문했다. 배달 시각을 확인하고 나서 상자를 열었다.

액자 속에서 얀은 긴 팔로 아내와 아들을 꼭 안고 있었다. 가장 이상적인 가장의 모습이었다. 얀과 달리 루벤디는 약간 화가 난 것처럼 보였다. 얀을 닮은 아이의 통통한 볼과 맞댄 루벤디의 얼굴은 실물보다 말라 보였다. 세상을 다 가진 듯 활짝 웃는 얀의 미소에 가슴이 뻐근했다. 얀의 유품을 건네면서 해야 할 말들을 생각해 봤다. 가족이라고 표현하기에는 너무 과하고 가족 같다고 할 수 있는 루벤디에게 전할 위로의 말이 떠오르지 않았다. 남겨진다는 것, 그건 어떤 말이나 단어로 표현할 수 있는 감정이 아니었다.

예상 시간을 훌쩍 넘겨 도착한 음식 봉지를 열었다. 따스한 온기와 고소한 올리브유 냄새가 올라왔다. 도시락에 곁들여 있는 여러 종류의 소스를 보자 침이 목으로 넘어갔다. 식탁 옆에 서서 빠른 손놀림으로 튀김용 마요네즈, 오

롤룩, 요피, 이름을 알 수 없는 푸른빛의 소스
에 감자튀김을 찍어 입에 넣었다. 깨물면 바사
삭, 튀김 옷이 튕겨 나가는 본래의 촉감에 상상
할 수도 없는 어떤 특별한 맛, 네덜란드만의 맛
을 기대했다.

　눅눅했다. 그 이상의 맛을 느낄 수 없었다. 한
순간에 식욕이 사라져 버렸다. 콜라로 입을 헹
구며 남은 음식을 포장지와 함께 쓰레기통에 버
렸다. 허탈한 기분을 별점으로 앙갚음했다.

　생각해 보면, 한동안 의지했던 사람의 유품
을 앞에 두고 음식을 먹는다는 게 불가능했다.
그런데도 음식이라도 밀어 넣으면 공허함이 달
래질 줄 알았다. 어쩌면 식당에 준 형편없는 별
점은 나 자신에게 주는 평점일 것이다.

　창가에 서서 가로등 아래로 쏟아지는 비를
바라봤다. 굵은 빗방울 사이로 얀이 한쪽 팔을
흔들며 스며들어 왔다.

암스테르담에 온 후 회사와 집만 오갔다. 비가 와서, 날씨가 우중충해서, 바람이 불어서, 운동을 못 하는 갖은 구실을 찾아내며 산소 호흡만 했다. 비타민D 부족의 후유증인지 늘 우울했다. 반대로 식욕은 주체하기 힘들 정도로 증가했다. 결국, 양심의 가책 없이 먹기 위해서 주말 아침에 달리기를 시작했다. 헉헉거리며 집 근처의 공원을 거의 돌 무렵, 한 남자가 손을 흔들었다. 나도 자연스럽게 손을 들어 인사를 했다.

"HBC 직원이죠?"

거대한 나무가 말하는 것 같았다. 주춤거리며 한 발짝 물러나 남자를 올려다봤다. 여차하면 달려갈 방향을 탐색하며 경계심을 늦추지 않았다.

"네…. 혹시, 우리 만난 적이 있나요?"

"지난번 신입사원 소개 때 봤어요. 영업팀 얀이에요."

남자는 운동복에 땀을 닦은 후 손을 내밀었다. 2미터에 가까운 키, 깊고 푸른 눈동자, 투블

럭킷, 탄탄해 보이는 근육. 한눈에도 자기 관리
가 철저한 사람으로 보였다. 눈이 마주치자, 남
자는 가지런한 치아를 드러내며 미소 지었다. 처
음 보는 상대를 무장 해제시키는 미소였다.

그 후 함께 퇴근하는 날이나, 운동하다 마주
칠 때면 얀과 소소한 이야기를 나누었다. 생활하
는 데 필요한 교통 카드, 거주증, 의료보험 등등.
주로 내가 묻고 얀은 적절한 조언을 해 주었다.
온라인에서도 찾을 수 없는 얀만의 정보는 매우
유용했다. 얀은 나와 얘기하면서도 지나가는 사
람에게 자주 눈길을 주었고 한결같은 미소를 지
었다. 얀은 내면을 우울로 가득 채운 나와 색상
이 달랐다. 가끔 석양 그림자가 얀의 눈동자를
스쳐 갈 때도 있었지만, 그건 단지 찰나였다.

얀은 그동안 내가 만난 사람 중에서 가장 긍
정적인 사고를 지녔다고 할까. 이를테면 내가 염
분을 품은 바람에 대해 투덜거리면 얀은 그것
을 영양분이 가득한 미네랄로 변화시켰다. 해
가 나지 않아서 우울하다는 말에 내 피부가 전

보다 맑아졌다고 응수했다. 회사 보안 카메라에 대해 불만을 토로하면, 보안 시스템은 회사 장점 중의 하나라고 치켜세웠다. 불평을 모르는 얀은 하늘과 땅에도 속할 수 없는 다른 인류였다. 모든 사물에 대해 지나칠 정도로 의미와 생기를 부여하는 얀으로 인해, 나는 스스로를 우울로부터 구해 낼 수 있었다.

모처럼 해가 나는 주말 아침, 모자를 푹 눌러쓰고 네덜란드식 정통 와플을 사기 위해 줄을 서 있었다. 긴 기다림 끝에 생크림이 듬뿍 올라간 와플을 먼저 받아 든 사람은 모양이 흐트러지지 않게 조심하며 사진부터 찍었다. 사람들의 만족한 표정을 보며, 내 선택이 틀리지 않았다는 확신이 들자 은근히 기분이 좋아졌다. 얇은 반죽 사이에 캐러멜이 들어간 벌집 모양의 과자에서는 향긋한 버터 향이 났다. 딸기와 아이스크림을 토핑으로 고르고 함께 마실 음료를 생각하며 닐슨의 노래를 흥얼거렸다. 연인들의 감미

로운 속삭임, 애달픈 바이올린 선율, 와플과 바플이 공존하는 거리의 풍경이 평화로웠다.

노랫소리가 들렸다. 구성진 목소리로 노래를 부르는 남자가 다가와 나의 사랑, 당신이 나의 젠타예요, 라며 손을 내밀었다. 주변 사람들이 환호했다. 얼굴이 화끈 달아올랐다. 선장 복장을 하고 간청하는 남자 손에는 바그너의 오페라 팸플릿이 들려 있었다. 거절하지도 못하고 어정쩡하게 서 있는 사이, 갈색 랜드로바가 남자와 나 사이에 끼어들었다.

얀이었다. 남자는 얀의 큰 키에 가려 보이지 않았다.

"여긴 관광객들이나 오는 곳이에요. 별점을 너무 신뢰하지 말아요. 진짜 네덜란드 와플을 먹고 싶으면 여기보다는 주이드 스테이션 코너에 있는 피플로 가야죠."

난처한 상황을 자연스럽게 해결해 준 얀을 따라 걸었다. 얀이 누군가를 향해 손을 흔들었다.

노상 테이블에는 얀의 아내와 아이가 앉아

있었다. 얀이 가족과 함께 장 보는 것을 먼발치에서 본 적은 있지만, 정식으로 인사를 나눈 것은 처음이었다.

얀의 아내 루벤디는 약간 어두운 피부에 초록색 눈동자가 매력적인 여자였다. 인도네시아계 혼혈이라는 루벤디는 놀란 눈빛으로 나를 쳐다봤다. 나도 루벤디에게서 눈을 뗄 수가 없었다. 동종의 유전자를 가진 이방인을 만나는 것은 흔치 않은 일이었다. 루벤디와 나는 서로의 눈을 쳐다보며 미소를 교환했다. 어떤 탐색도 필요하지 않았다. 우리는 순식간에 훅, 서로를 마음에 들였다.

철이 들고 난 뒤, 내 눈동자에 문제가 있다는 것을 깨달았다. 어디를 가든 사람들은 나를 가만히 내버려두지 않았다. 초등학교 때 짓궂은 남자아이들은 나를 마녀, 라고 불렀다. 뒤돌아서서 주먹을 꼭 쥐고 노려보면 눈을 양손으로 찢으며 시시덕거렸다.

수업이 끝나면 나를 기다리고 있는 아버지에게 달려갔다. 아버지 품에 안겨 아이들을 가리키며 울먹였다. 그럴 때마다 아버지는 나를 꼭 안아 주면서 공주 너는 신의 선물이야, 속삭였다. 훅, 전해 오는 아버지의 온기가 귀를 간지럽혔다. 동양인 중에서 초록색 눈동자를 가진 아이가 태어날 확률은 천만분의 일이라고 아버지가 말했다.

점차 아이들이 놀려도 나는 울지 않았고 흥미를 잃은 아이들도 더는 놀리지 않았다. 자라면서 사람들은 내게 초록색 컬러렌즈가 잘 어울린다고 말했다. 실제 내 눈동자라고 말하면 사람들이 웃었다. 나도 사람들을 설득하기 위해 에너지를 소비하지 않았다.

대학에서 메디컬 사이언스를 전공하면서부터 돌연변이의 유전적 형질에 관심을 두고 자료를 찾아봤다. 지금처럼 NGS 기법을 통해 유전자 변이를 알았다면 부모가 나를 낳았을까, 의심이 들곤 했다. 나 때문인지 자주 아버지와 엄마는 치열하게 다투고 서로를 의심했다.

부모를 닮지 않은 나는 경계인으로서 두 사람의 평화를 유지하기 위해 노력했다. 노력과 관계없이 엄마가 먼저 집을 나갔고 아버지는 장작을 패는 것으로 감정을 달랬다. 보스턴의 긴 겨울 동안 아버지는 온 힘을 모아 나무를 쪼갰다. 맑은 날에도 눈이 많이 내리는 날에도 도끼질을 멈추지 않았다. 긴 한숨과 함께, 장작을 쪼개는 아버지의 뒷모습이 슬퍼 보였다.

아버지는 내 앞에서 엄마를 원망하지 않았다. 뒷마당에 장작이 많이 쌓인 날이면, 엄마에게 전화했다. 제발 돌아와 엄마. 아버지 대신 울먹였다. 내 눈물에도 엄마는 완강했다.

"참다가 내가 먼저 죽고 말지."

"그럴 거면 왜 나를 낳았어? 짐승도 자기 자식은 안 버려."

"너도 결혼하면 나를 이해할 거야."

엄마는 변명도 사과도 하지 않았다. 누구의 책임이나 잘못도 인정하지 않는 애매한 대답이었다. 그때 나는 돌연변이 유전자를 내 생애에서 끝내기로 다짐했다.

어느 곳에도 속하지 않는 중간 지대는 얼마 지나지 않아 사라졌다. 아버지마저 새로운 사람을 만나 집을 떠났다. 안방 옷장 문을 열면 뭉쳐진 먼짓덩어리들이 떠다녔다.

나만 집에 홀로 남았다. 내 의도와 관계없이 남겨진다는 것은 값어치가 없다는 걸 의미했다. 이사 갈 때 버려두고 가는 폐기물 상자랄까. 육인용 식탁에 홀로 앉아 밥을 먹는데 뜨거운 것이 안에서 올라왔다. 뿌리가 너덜너덜해진 나는 더 이상 버틸 수가 없어서 집을 떠나기로 했다.

보스턴을 떠나는 날, 엄마와 새엄마, 아버지와 새아버지가 공항에 배웅을 나왔다. 푸른 눈의 아버지와 흑갈색 눈동자의 엄마, 그리고 초록 눈의 나. 지나가는 사람들이 고개를 갸우뚱하며 쳐다봤다. 순간 그들을 향해 눈알을 빼서

던져 버리고 싶은 충동을 느꼈다. 아버지가 내 어깨를 돌려세우며 말했다.

"공주, 힘들면 언제든지 돌아와."

언제나 이름 대신 공주라고 부르는 아버지의 말에 울컥했지만, 네 명의 부모와 차례로 포옹하며 애써 웃었다. 크리스마스 선물 잊으면 안 돼요. 어색한 멘트를 날리며 눈을 찡긋 감았다. 분위기에 맞는 눈물이 조금 묻어 나왔다.

천만분의 일이라는 확률. 혼혈과 초록 눈동자라는 공감대 때문에 루벤디와 금방 친해졌다. 루벤디는 계절별로 먹을 수 있는 생선의 종류와 택배를 빨리 받을 수 있는 자신만의 방법-택배기사에게 전화를 하는 거야. 화난 목소리로 배달이 늦어지는 이유를 먼저 따져. 그리고 별점 테러하겠다고 윽박질러.-까지 알려 주었다. 진지한 얼굴로 설명하는 루벤디의 말에 웃음이 터져 나왔다.

얀과 루벤디를 만난 네덜란드의 첫 겨울은
따스했다. 불편하지 않을 만큼의 거리에서 유지
되는 신뢰감이 좋았다. 특별한 일이 없는 주말
이면 얀 부부와 어울려 진하고 부드러운 커피에
스트룹 와플을 먹는 것이 일상이 되었다.

컴퓨터 프로그래머인 루벤디는 아이를 기르
면서도 긴 생머리를 포기하지 않았다. 루벤디는
손가락에 머리카락을 감아 돌리는 것으로 불편
한 감정을 표출했다. 집게손가락으로 머리카락
을 빠르게 말아 올리면 루벤디의 인내심이 한계
에 이르렀다는 것을 의미했다. 최근 들어 루벤디
는 자주 손가락으로 머리카락을 감아 돌렸다.

– 가도 돼요?

루벤디의 문자였다. 낯설었다. 루벤디는 항상
문자보다는 전화를 선호했다. 사람 냄새가 난다
는 이유에서였다.

– 언제든지요^^.

　30분이 채 지나지 않아 루벤디는 레드 와인 한 병을 들고 아이와 함께 왔다. 피시 소스가 들어간 청경채 겉절이와 카레 수육을 와인에 곁들여 먹었다. 루벤디는 연신 땀을 흘리면서 맛있어요, 하면서도 요리비법을 묻지 않았다. 내가 닭 가슴살을 넣은 미고랭의 출처를 묻지 않았듯이.

　아이를 재우고 나서 루벤디는 어깨 위로 검정 머리카락을 쓸어내렸다. 창을 등진 루벤디의 눈동자는 고요했다. 그러다 덜컥 얀은 쉼을 몰라요, 하며 코를 훌쩍였다. 루벤디의 눈이 붉어졌다. 가라앉은 공기, 충혈된 눈. 갑자기 감당하기 힘든 자신만의 비밀을 털어놓을까 봐 겁이 났는데, 루벤디는 화제를 별점으로 돌렸다.

　"별점이 승진을 좌우한다니 믿어져요? 데이터 분석실에서 일하던 직원의 말을 우스갯소리로 여겼어요. 하지만 그게 사실인 것을 알고 나서 얀은 자기 평점에 대해 불안해하곤 했어요."

"설마요. 얀은 로봇에 가까울 정도로 완벽하 잖아요."

내가 가볍게 응대하자 루벤디는 걱정스러운 얼굴로 물었다.

"에일린, 페이스북 친구가 얼마나 돼요? 인스타그램은?"

"한 스무 명 정도? 가까운 친구들과 수다를 떠는 것 이외에는 거의 안 해요. 타인에게 사생활을 떠벌리고 싶은 마음도 없고요. 누군가의 주목을 받는 게 싫어요."

"그러면 앞으로 정규직이 되기 어려워요. 소셜 미디어 활동도 평가 대상에 포함되는 중요한 항목이에요. 내키지 않아도 해야 해요."

"인사팀 사람들이 그런 것까지 조사해요?"

"사람이 아니라 AI가 평가해요. 기복이 심한 인간의 감정은 신뢰하기 어렵다는 이유로 회사에서 3년 전부터 AI 평가시스템을 도입했어요."

"기계가 인간을 평가한다고요? 그럼, 인간은 뭐 해요?"

"인간이 작성한 알고리즘으로 AI가 체크 리스트를 만드는 거죠. AI는 학습을 통해 더 세밀한 항목을 만들고 그것을 바탕으로 직원들을 평가해요. 회사 곳곳에 설치된 보안 카메라뿐만 아니라 직원들의 핸드폰까지 들여다본다고 생각하면 돼요. 어쩌면 AI는 우리 자신보다 우리에 대해 모르는 것이 없을 거예요."

"무서워요. 직원을 평가하는 것까지 AI에 맡기는 세상이라니. 결국 우리는 기계의 감시하에 있는 거네요."

"맞아요. 얀은 평점을 잘 받기 위해 시각센서를 장착한 일벌이 되어 갔어요. 블랙 미러 안으로 부지런히 채집한 정보들을 날랐어요. 바이크 헬멧에 카메라를 부착하는 것도 그 때문이에요. 집에 오면 영상을 편집해서 소셜 미디어에 올리느라 아이랑 놀아 주지도 못하고…. 함께 식사한 지가 언젠지 잘 기억나지도 않아요. 우리는 화면 안에서만 행복한 액자 가족이에요."

루벤디 입에서 탄식이 새어 나왔다. 취할 정

도로 마시지 않는데도 루벤디는 다른 날과 달리 말을 많이 했다. 자신과 얘기를 하면서도 트윗하느라 집중하지 못한다, 과정보다 결과물에 우선한다, 외롭다, 는 불만을 늘어놓았다. 이상하게 행복한 푸념처럼 들렸다.

"에일린이 별점에 집착하지 않고 지금의 모습을 간직했으면 좋겠어요."

루벤디는 머리카락을 쓰다듬던 손길을 멈추고 말했다. 진심 어린 눈빛이었다. 루벤디의 조언을 무알코올 맥주와 함께 가볍게 삼켰다.

– 에일린, 문자로 설명하기에는 길고 이 영상 먼저 봐. 방금 유튜브에 올라온 거야.

비노나가 보낸 영상을 클릭했다. 귀를 찢을 것 같은 소리가 먼저 들렸다. 6기통의 바이크들이 일렬로 달리고 있었다. 헬멧부터 부츠까지 검은색으로 감싼 그들은 목적지를 향해 진군하는 철새 같았다. 하늘을 가를 것 같은 굉음이 내 스튜디오를 가득 채웠다. 바이크에 올라탄 듯 나도 모르게 몸이 한쪽으로 기울여졌다. 열 대의 바이크는 간격을 유지하며 리더의 수신호에 따라 좁은 산악도로를 오르고 있었다.

가죽점퍼에 JAN이라는 알파벳이 새겨진 남자가 행렬의 맨 뒤에서 리더와 수신호를 주고받으며 속도를 조절하였다. 뻗어 오른 자작나무들이 파란 하늘에 맞닿아 어느 곳이 땅이고 하늘인지 구별할 수 없을 정도로 경이로웠다. 굽어진 도로가 끝나고 합류하는 차도가 이어졌다. 내리막길 끝에 주다치 방조제가 조그맣게 보였다. 4D 영화를 보는 것처럼 나도 모르게 손과 발에 힘이 들어가고 가슴이 두근거렸다.

그때 맨 뒤에 있던 남자가 한쪽 팔을 내밀며 옆으로 튀어나왔다. 남자는 빠른 속도로 중앙선을 넘어 앞에 가던 오토바이 무리를 추월했다. 순간 갑자기 나타난 트럭이 남자의 오토바이를 덮

쳤다. 트럭 범퍼에 부딪힌 남자가 공중으로 튕겨 오르더니, 순식간에 계곡 아래로 굴러떨어졌다.

울음이 섞인 비명과 사람들의 웅성거림이 들리다가 점점 희미해지더니 하얀 돌멩이가 보였다. 카메라 앵글은 그곳에 오랫동안 머물렀다. 바람 소리조차 들리지 않았다. 하얀 돌멩이가 점차 붉게 물들더니 핏빛 웅덩이가 생겼다. 갑작스러운 사고에 가슴을 쓸어내리면서도 눈은 영상 속으로 빨려 들어갔다. 다음 영상이 재생되기를 기다렸다.

얼마나 지났을까. 장갑을 낀 남자의 손가락 끝이 미세하게 움직였다. 헬멧과 마스크 때문에 남자가 얀인지 확인할 수는 없었다. 영상은 남자가 구급차에 타기까지의 모든 과정을 보여 주었다.

댓글이 연이어 올라왔다. 영화 스포일러 같다. 숨이 막힐 정도로 아름답다. 생생한 영상에 전율했다는 댓글이 달리고, 바이크 사고 영상은 순위가 급상승했다. 순식간에 별점 다섯 개가 되었다. 별점을 준 사람들은 남자의 생사를 묻지 않았다. 강에 제방을 쌓아 국토를 늘렸듯이 인간의 생명 또한 무한 재생되는 것처럼 관심을 두지 않았다. 이보다 더 자극적인 영상이 아니면 별 다섯 개 받기는 어려울 듯, 이라는 댓글도 달렸다. 타인의 불운에 평점을 주는 사람들에게 욕이 나왔다.

– 누가 이런 영상을 올렸을까?

– 아마도 동호회 사람들 아니면 뒤따르던 차의 운전자겠지. 블랙박스에 기록된 영상을 그대로 올린 것 같아. 메리가 그러던데, 얀 내부 장기가 박살이 났대. 병원에 도착해서 응급수술을 했는데도 깨어나지 못했대. 어제 퇴근 전에 하이 파이브까지 했는데, 이런 일이 일어났다는 게 정말 믿어지지 않는다.

– 사람이 죽어 가는 과정을 중계하다니 너무 잔인하다. 더구나 별점은 아니지. 제발 루벤디가 보지 않아야 할 텐데.

– 그러게. 하지만 사람들은 단순한 사고라고 생각할

수도 있어. 참, 얀 유품은 전해 줬니?

– 아직….

– 얀 부부와 친했는데 힘들겠다. 그래도 HR팀과 미팅
준비 잘해. 너에게 중요한 일이잖아.

비노나는 잊고 있었던 약속을 상기시켰다.

다음 날, 즐겨 입던 청바지 대신 회색 세미 정
장을 입고 옅은 화장을 했다. 정해진 시간에 미
팅룸에 들어서자, HR팀장 대신 알렉산드라가
앉아 있었다.

"약속 시각을 잘못 알았나?"

"아니. 오늘은 팀장 대신 내가 면담만 할 거
야."

알렉산드라는 연어 샌드위치를 먹으면서 잡
다한 이야기만 늘어놓았다. 에스프레소에 에너
지 음료를 섞어 마신 것처럼 알렉산드라의 에너
지는 늘 과하게 충전되어 있었다. 점심시간이 되
면 알렉산드라는 여러 부서에 들러 수다를 떨었

다. 폴란드 출신인 알렉산드라가 어디서 에너지를 충전하는지 알 수 없지만, 해맑은 그녀가 싫지 않았다. 따스한 지구 공동체라는 홍보처럼 회사에는 다양한 국가 사람들이 일하고 있었고 영어를 공용어로 사용했다. 나보다 두 달 늦게 입사한 알렉산드라는 회사 내부 정보에 대해 아는 게 많았다.

"개인 평점은 알려 주지 않는데 팀장 없을 때 슬쩍 인사 기록이나 볼까. 오우! 에일린, 평점이 4.35야. 대단해요."

"곧 계약이 끝나는데 재계약 때 정규직으로 일할 수 있을까?"

"네덜란드 회사는 보통 처음에는 일 년, 다음은 삼 년, 단위로 계약하고 그다음에는 정규직으로 고용해. 그런데 평점 4.5 이상이면 바로 정규직에 안착할 수 있지."

알렉산드라는 십 년 이상 근속한 사람처럼 근로계약서에 없는 내용까지 꿰뚫고 있었다. 내가 토끼 눈을 뜨고 바라보자, 네덜란드에서 대학원을 다녔어, 짧게 설명했다.

"생각보다 업무 역량이 낮게 평가된 것 같은데? 우리 팀의 RNA 분석과 라이브러리는 내가 다 만들잖아."

"네 능력 다 알지. 그래서 이 정도일 거야."

"그럼, 뭐가 더 필요한데?"

"내 평점은 3.5야. 내가 알면 이러겠냐고."

"평점이 가장 높은 사람은 누구야?"

"음…. 얀. 평점이 4.97였는데…. 정말 아깝다."

얀보다 평점이 더 높은 직원은 없었다. 얀 다음으로 메리가 가장 높았다. 평점에 따라 직급이 결정된다는 루벤디의 말이 사실로 드러났다. 순간 머릿속에 전류가 흘렀다. 나와 달리 알렉산드라는 숫자에 담긴 의미를 알아차리지 못한 것 같았다.

"다른 사람에게 인사 평점을 알려 줬다는 것, 절대 말하지 마. 비밀이야."

알렉산드라가 비밀이라는 단어를 반복했다. 사차원의 알렉산드라답지 않은 행동이었다. 상

기된 얼굴로 알렉산드라와 은밀한 미소를 주고
받았다.

미팅을 끝내고 실험실로 가는 도중에 메리를
만났다. 메리는 앞 치아가 환히 보일 정도로 입
술 꼬리를 올려 소리 없이 웃었다. 친밀감을 표
현하기에는 과하지도 부족하지도 않은 미소였
다. 짧은 단발머리에서는 윤기가 흘렀다. 하얀
블라우스에 와인색 바지가 잘 어울리는 메리는
나이답지 않게 군살도 없었다. 메리는 내 시선을
의식했는지 지나가다가 다시 돌아보며 말했다.

"에일린, 자기 오늘 너무 예쁘다. 데이트 있어
요?"

대답 대신 미소를 지었다. 화장 효과인지 달
라진 옷차림 때문인지 사무실 사람들도 데이트
약속이 있냐고 물었다. 별 의미가 담기지 않은
질문인 것을 알면서도 싫지 않았다. 하지만 약
속이라는 단어가 가슴을 헤집어 놓았다. 얀의
유품을 전달하겠다는 약속을 언제까지 미룰 수
만은 없었다.

퇴근길 트램 밖으로 〈스파이더맨〉 광고판이 스쳐 지나갔다. 문득, 얀의 USB가 떠올랐다.

집에 도착하자마자 유품 상자에서 USB를 꺼냈다. 스파이더맨 장식에 달린 쇠붙이가 책상에 부딪혀 소리를 내자 나도 모르게 손이 후들거렸다. USB를 컴퓨터에 연결하자 잠김 없이 파일이 열렸다. 스파이더맨답지 않은 허술한 보안이었다. 자료는 세 개의 파일로 분류되어 있었는데 AI 평점을 잘 받는 방법부터 먼저 클릭했다.

---

1. 앞 치아가 다섯 개 보일 정도로 웃을 것(치아 미백 필요함)

2. **배색이 다른 세미 정장 필요**(도도 옷장 가입할 것)

3. **적절한 체중 유지**(와플과 아이스크림은 토요일만!!)

4. **친절하고 예의가 바른 태도**(감정 표현은 과하지 않게, 미소는 덤)

5. **커뮤니티 활동은 꼭 영상으로 보존**(5천만 화소 초고속 연사 카메라 주문하기)

업무 평가 외에 부족한 부분의 평점을 더 받기 위해 얀은 목록을 작성하고 구체적으로 자신의 실행 계획을 기록해 놓았다. 그리고 자산관리 파일에는 주택담보대출과 연금, 보험 등의 만기를 날짜별로 세밀하게 정리해 놓았다. 누가 보아도 쉽게 이해할 수 있도록 설명이 곁들여져 있었다.

주인의 허락 없이 비밀을 엿본 대가는 혹독했다. 파일 내용대로라면 얀이 내게 보인 친절은 평점을 위한 가식적인 행동이었다. 얀의 친절에 특별한 의미를 부여하고 스스로에게 부채감을 지운 것이라는 생각이 들자, 가슴이 답답했다. 누군가를 안다는 것에 회의가 들었다. 얀이나 루벤디에 대한 친밀함은 나만의 일방적인 감정이 아닐까, 반문했다. 그간 나눈 와플과 시간이 빚어 낸 정 때문에 해결할 수 없는 상황에 개입된 것이 견딜 수 없었다.

일부러 얀의 유품을 들고 멀리 돌아서 갔다. 세찬 바람이 고무줄 밖으로 흘러나온 머리카락을 거칠게 잡아당겼다.

장미는 하얀 울타리를 타고 위쪽을 향한 채
햇볕을 온몸으로 받고 있었다. 울타리 아래로는
풀들이 웃자라고 있었다. 곧 빨간 장미를 집어
삼킬 것처럼 보였다. 장미 넝쿨을 따라 붉은 벽
돌집으로 걸어 들어갔다. 하얀 대문 앞에서 한
참 서성거렸다. 루벤디의 얼굴을 마주할 생각을
하니 아득했다.

루벤디가 알고 먼저 문을 열었다. 손에 든 상
자를 내려놓고 루벤디를 꼭 안았다. 우리는 어
깨를 들썩거리며 흐느끼다가 소리를 내서 울었
다. 다행히 아이는 루벤디의 엄마 집에 가고 없
었다.

시선을 바닥에 내리깔고 있는 루벤디의 어깨
위로 정적이 내려앉았다.

"나 때문이야. 얀이 궁금해하길래 진단용 컨

트롤러를 돌려 AI 인사시스템의 알고리즘을 알려 줬는데, 그게… 이렇게 될 줄 몰랐어."

"자책하지 마세요. 사고였잖아요."

"얀은 평점을 잘 받으면 승진을 할 수 있고, 그에 따른 보상이 우리 가족을 행복하게 만들 수 있을 거라고 말했어. 시간이 흐를수록 목적은 흐려지고 별점에 대한 집착으로 변해 갔어. 멈추라고 몇 번 말했지만, 별점 다섯 개를 채울 때까지만 하겠다고 약속했지. 목표에 이르렀다고 생각하는 순간 채워야 할 항목은 또다시 늘어 가고, 얀은 점차 지쳐 갔어. 아무리 노력해도 별을 다 채울 수 없었고 얀은 자신이 한계점에 도달했다는 것을 깨달은 거지. 겉으로는 괜찮은 척, 나에게마저 치아 다섯 개를 드러내고 웃을 때면 얀의 뺨을 갈기고 싶었어."

"치료를 받지, 그랬어요."

"강박증이라고 진단받았는데, 불이익을 당할까 봐 조심스러워했어. 결국, 내 이름으로 처방받은 약을 먹으면서부터 상태가 나아졌어. 그걸 보며 예전의 모습으로 돌아갈 수 있다는 희망을 붙들었지. 얀의 서랍 안에서 먹지 않은 약을 발견하기 전까지는. 그것조차 나를 속였다고 생각하니 정말 견딜 수가 없었어. 내가 얀에게 마지막으로 한 말이 뭐였을 것 같아?"

"…"

"이혼하자, 였어. 내가 그 말을 하지 않았더라면 얀은 죽지 않았을까?"

루벤디는 스스로 문답을 이어갔다. 루벤디에게 남겨진다는 것은 집을 지탱하는 기둥 하나가 무너지는 것을 의미했다. 루벤디의 모습은 집을 떠나오기 전 내 모습과 조금도 다르지 않았다. 불운의 그림자가 나를 따라 이동하며 내 주변으로 범위를 넓혀 가고 있는 것 같았다. 두려웠다. 눈물이 멈추지 않고 흘러내렸다.

루벤디가 내 어깨를 토닥거렸다. 괜찮아. 낮은 음성으로 자신에게 말하듯 속삭였다.

"미안해요. 몰랐어요."

"미안해하지 마. 나도 그 영상 봤어…. 주다

치 방조제를 향해 무섭게 질주하는 그이를. 얀은 그 길이 위험하다는 것을 이미 잘 알고 있었어. 그런데도 속도를 줄이지 않더라. 그렇게 해서라도 멈추고 싶었을 거야. 헬멧이 벗겨진 그이의 얼굴이 편안해 보였어. 이기적인 남자. 그이의 마지막 모습만 기억할 거야. 이렇게 와 줘서 고마워."

"앞으로 자주 올게요."

"그러지 않아도 돼. 내일 엄마가 있는 사바섬으로 돌아갈 거야. 그곳에서 가면을 쓰지 않고 살고 싶어. 시간이 흐르면 원망도 늙어 가겠지. 에일린, 이곳이 싫증 나면 언제든지 놀러 와."

루벤디는 확신에 찬 눈빛으로 말했는데 순간 어디론가 날아가 버릴 것처럼 위태로워 보였다. 얄팍한 위로를 건넨 나는 작은 탁자 위에 놓인 얀의 가족사진을 들여다봤다. 웃고 있는 얀의 모습에 가슴 한구석이 아렸다.

야누스가 되기를 실패한 얀은 자신이 태어난 곳으로 돌아갔다. 고향 잔세스칸스에 뿌려진

얀의 유골은 수분이 증발하면 바람에 날아오를
것이다. 바람의 날개 끝에 매달려 대지를 휘젓다
가 다시 수분을 가득 머금고 비가 되어 자작나
무 길을 달릴 것이다.

나는 침내에 앉아 비가 그치고 해가 뜨는 것
을 지켜봤다. 이상하리만큼 마음이 차분했다.
입술에 포인트를 둔 화장을 하고 머리를 매만졌
다. 배색이 다른 세미 정장을 입고 거울 앞에 섰
다. 목을 경계로 익숙한 나와 낯선 내가 걱정스
러운 눈빛으로 거울을 들여다보고 있었다. 입술
꼬리를 올려 미소를 짓자, 입 주변에 경련이 일
었다.

회사 로비에서 마주친 알렉산드라는 여전히
커다란 헤드셋을 쓰고 있었고, 비노나는 부스스
한 갈색 머리를 고무줄로 질끈 묶은 그대로였다.
메리를 보며 치아 다섯 개가 드러나도록 신경을

기울였다. 메리도 비슷한 미소를 지었다. 순간, 메리의 무리에 합류했다는 느낌이 들었다. 메리의 소리 없는 승인에 어떤 체제 안으로 들어갔다는 안도감과 미묘한 두려움을 느끼며, 내가 경험하지 못한 저 너머의 세계와 나를 연결 지었다.

시작은 평범했다. 페이스북으로 연락이 끊어졌던 친구들과 안부를 주고받았고, 매일 유전자 변이나 유전자 가위에 관한 글들을 트윗했다. 사람들은 음식이나 풍경 사진보다 낯선 세포 사진에 관심을 두었고, 회사 이름도 사진에 자주 노출되었다. 처음엔 다른 사람의 구두를 잘못 신은 것처럼 불편했는데 점점 불편함에 익숙해졌다.

돌연변이 바이러스가 변이를 거듭할수록 업무량이 늘어났다. 동료들과 대화도 차츰 줄어들었다. 생각한 것을 제대로 말할 수가 없었고 생각이 떠오르지 않거나 생각조차 하기 싫은 날도 많았다. 생각이라는 게 하면 할수록 사람을 불편하게 만들었다. 도플갱어의 세계에서 생각이란 추락을 의미하니까.

옥시토신 대신 테스토스테론이 엄청나게 상승했다. 호르몬의 이상 변화에도 불구하고 아무런 충돌도 발생하지 않았다. 알고리즘이 정해 놓은 도덕법칙의 용량을 지키며 상승하는 평점을 위안으로 삼았다.

내가 분주해질수록 회사의 영업 실적은 늘어났다. 메리는 칭찬을 아끼지 않았고 덕분에 정규직 팀장이 되었다. 정규직이 되어도 삶은 달라지지 않았다. 나 자신을 들여다볼 충분한 시간도 갖지 못한 채 일상이 지나갔다. 자존감이나 만족감을 느끼는 일은 거의 없었다.

주변 사람들과 문제의 핵심을 비켜 가는 대화로 허전함을 채워 갔다. 내가 원하는 것, 싫어하는 것의 경계도 무뎌졌다. 루벤디와 연락도 끊어졌다. 루벤디가 마음에 걸렸지만, 늘 인사 평가에 허덕였다.

AI가 요구한 별점을 채우지 못한 직원은 회사 밖으로 밀려 나갔다. 재계약에 실패한 비노나와 알렉산드라의 짐을 들어다 택시에 실어 주면서도 입꼬리가 저절로 올라갔다. 내 의지에 반한 근육 활동이었다. 엉겁결에 손으로 입을 가렸다.

　"너, 되게 힘들어 보인다."

　내 어깨에 손을 올리며 비노나가 말했다. 알렉산드라도 염려스러운 눈으로 나를 쳐다봤다.

　"그래, 에일린. 꼭 앓을 보는 것 같아서 걱정돼."

　'앓'이라는 말에 움찔했지만 애써 괜찮은 척 그들과 포옹하며 볼 키스를 했다. 택시가 보이지 않을 때까지 손을 흔들었다.

　돌아서자 걷잡을 수 없는 허기가 몰려왔다. 쇠붙이까지 집어삼킬 수 있을 것 같은 허기였다. 주변을 둘러봤다. 보안 카메라 렌즈에 불이 깜박였다. 침을 꿀꺽 삼키며 한쪽 머리를 귀 뒤로 넘겼다. 남겨진 사람이 아니라 남아 있는 사람, 구별된 존재라는 사실에 잠시 마음이 편안해졌다.

회사에 남아 있는 사람들은 시간이 흐를수록 닮아 갔다. DNA 형질을 구별할 수 없을 정도로 비슷해졌다. 남아 있는 것 또한 남겨진 것과 별반 다르지 않았다.

멀리서 천둥소리가 들리더니 번개가 번쩍 하늘을 갈랐다. 시원한 바람이라도 불어 주길 바랐지만, 공기는 멈춘 듯했다. 자작나무가 늘어선 오솔길을 지나 그랜드 애비뉴를 거쳐 집으로 걸어가면서 전에 없는 외로움을 느꼈다. 혼자서 이쪽으로 걸어 보는 게 오랜만이라는 생각을 하다가 문득, 발걸음을 멈췄다. 어딘가 낯선 공간에 들어섰다는 두려움이 몰려왔다. 도란도란 속삭이는 소리가 들렸다. 익숙한 목소리였다. 돌아서야 한다는 생각과 달리 발이 저절로 소리를 향해 나아갔다.

얀과 루벤디의 집 담장에 덩굴장미가 만발했

다. 진한 꽃향기가 감돌았다. 밤공기는 숨이 막힐 정도로 묵직했다. 꽃 가까이 다가갔다. 후드득, 꽃잎이 어깨 위로 떨어졌다.

꽃잎이 내려앉은 곳에 육각형의 결정체가 솟아 올랐다. 어깨 위에 솟아난 결정체들이 몸 속으로 파고들더니 작은 핏줄을 타고 일제히 퍼져 나갔다. 차가운 액체가 목을 타고 올라왔다. 비명이 터져 나왔다. 흑흑-.

소리가 닿는 곳마다 얼음꽃이 피어났다. 하얀 얼음꽃이.

죽음과 소녀,
그리고 남은 자의 몫

사이채

인간에게 죽음은 비가역의 사건이며 영원한 수수께끼다. 다른 이의 죽음을 내 것처럼 느끼는 추체험도 불가능한 미지의 세계이므로 예술가에게는 끊임없는 도전의 영역이기도 하다.

독일의 마티아스 클라우디우스가 시 〈죽음과 소녀〉를 1740년에 발표한다. 소녀는 저승사자가 다가오자 "난폭한 죽음의 신이여 가라. 나는 아직 젊으니 어서 가라."고 외친다. 이에 저승사자는 "네 손을 다오, 아름답고 우아한 소녀여. 나는 네 벗, 너를 벌하려 함이 아니다."라며 달콤한 말을 건넨다. 둘이 죽음을 두고 실랑이하는 시다. 이 시에 영감을 받은 프란츠 슈베르트가 현악 4중주곡 14번 〈죽음과 소녀〉를 짓는다. 에드바르 뭉크는 〈죽음과 소녀〉를 그리고, 구스타프 클림트는 〈죽음과 삶〉을 그린다. 이 밖에 죽음과 거리가 먼 소녀를 동원해 죽음 문제를 극적으로 수사한 예술가가 여럿이다.

뭉크의 그림은 알몸의 소녀가 저승사자를 껴안고 키스를 애원하는 듯한 표정을 짓는다. 이들 좌우에는 정충들과 해골의 뱃속에 웅크린 태아가 있다. 클림트의 그림은 저승사자가 도구를 들고 한곳을 응시하는데 당장이라도 누군가를 저승으로 데려갈 듯하다. 거기에는 가족인 듯한 여러 명이 똘똘 뭉쳐 있다. 죽음의 공포에 누군가는 경악하고 누군가는 외면한다. 그중 아이와 그를 품은 엄마만 평화로운 표정이다. 두 그림은 대립해 보이는 죽음과 생명, 공포와 사랑을 같은 시공간에 둔다. 심지어 대립항의 간극이 크지 않고, 경계도 모호하다. 그것들의 공존이 인간 문제의 본질이라고 두 화가는 말하는 걸까.

그렇다고 해도 인간의 삶은 죽음으로 귀결되며, 남은 자가 감당해야 할 몫의 문제가 남는다. 그러니 모든 죽음은 사회적 죽음이다.

죽음 사건을 마주하는
슬픔의 농담(濃淡)

임미정 소설집은 몇 개의 죽음 사건을 병치하면서 무화로서의 죽음 자체보다는 죽음 후의 문제, 곧 남은 자들이 치르는 애도에 주목한다. 프로이트는 애도를 사랑하는 사람 등 대상의 상실에서 비롯한다고 한다. 애도는 상실에 대한 반응이며, 슬픔을 겪고 이를 받아들이는 과정과 변화를 포함한다. 이번 소설은 아들 죽음과 어머니의, 직장인 죽음과 동료의, 남편 죽음과 아내의 애도를 다룬다.

〈칼과 슈왈츠 마돈나〉에서 "칼"은 복수를, 흑

적색 장미 "슈왈츠 마돈나"는 행복의 기억을 은유한다. 중학생 리안이 같은 반 부일의 장난으로 호수에 빠져 숨진다. 아들의 죽음을 마주하는 지선의 상실감은 자신이 "가벼운 바람에도 뿌리가 뽑혀 부유하는 식물" 같기도 하고, "공원에 방치된 흉상 같"고, "절대로 끝나지 않을 것 같은 긴 터널에 들어간 듯"하다며 무기력하게 슬픔에 침잠하는 양상으로 나타난다.

이도 잠깐, 지선은 학교로 달려가 부일의 목에 칼을 들이대고 경찰과 대치한다. 시간이 흐르고, 부일이 오토바이 사고를 당해 위급한 상태로 응급실에 나타난다. 지선은 살의가 일어날까 봐 그의 수술을 맡지 않으려 하지만, 결국 맡게 된다. 지선은 수술을 끝내고 나서 부일과 "이 조그마한 링 안에서 쉬 끝나지 않을 권투 시합을 치러야 할지도 모른다."라고 생각한다. 이처럼 지선의 애도는 증오와 복수심의 양상을 띤다.

이어서 지선은 부일을 죽이지 못하고 망설이는 자신이 혐오스럽다고 하는가 하면, "환자의 생명을 연장한 자신의 결단"을 자책하며 자기 비난에 돌입한다. 자기 비난은 상대에게 퍼붓던 비난을 자기에게 돌리는 현상으로 퇴행적 동일시다. 미흡한 애도가 자아 상실을 불러일으키며 멜랑콜리 상태로 이행한 결과다.

그런가 하면 지선은 복수의 방식을 바꾸어 의식이 없는 부일에게 "살아서 오래오래 자기 행동과 그로 인한 파장에 대해 후회하고 반성"하라고 한다. 주체가 복수 대상에게 복수 실행을 전가하는 태도이다. "이제 너는 네 마음대로 죽을 수 없어. 내가 너를 네 몸 안에 가뒀거든." 이는 더 강도 높은 양가감정의 비난이다. 자신이 부일을 통제할 수 없음을 알면서도 그럴 수 있다는 망상을 기도한다. 부일의 시신경이 완전히 깨어나자, 지선은 "자신이 완전히 깡통이 된 것 같았다."라며 자기애의 상실을 토로한다. 이 소설은 점증하는 애도자의 내적 갈등을 묘사하는 데 있어 섬세함과 역동성이 돋보인다.

〈블랙 아이스〉는 직장에서 경쟁의 극단으로 치닫던 얀의 죽음에 동료인 "나(에일린)"의 정서와 행동의 변화 과정을 보여준다. 에일린은 얀의 아내 루벤디에게 유품을 전달하는 일과 그를 위로하는 일로 애도에 대응한다. 하지만 루벤디는 승진을 위해 필사적으로 평점에 매달리는 얀에게 무모한 행동이라고 경고했으며, 그의 나락을 예견한 까닭인지 남편의 죽음에 무덤덤한 태도를 취한다. 루벤디가 드러내는 슬픔의 정도가 옅다 보니 순식간에 애도 대상이 모호해진 에일린은 자기가 "판단 기준이 모호한" 상태라고 한다. 게이트를 보고는 "마그리트의 거울(르네 마그리트의 〈잘못된 거울〉)" 같다고 한다. 〈잘못된 거울〉은 하늘을 바라보는 한쪽 눈이 거울에 비친 모습으로, 눈이 외부의 사물을 그대로 반영할 수 있는가에 관해 묻는 그림이다. 자신이 초록색 눈동자라는 돌연변이 유전자를 지니고 태어나게 한 어머니가 "누구의 책임이나 잘못도 인정하지 않는 애매한 대답"을 했을 때처럼 말이다.

결국 에일린은 상실한 대상을 이상화한다. 자신도 얀과 마찬가지로 AI 평가시스템에 맞추어 평점 올리기에 몰입한다. 자신도 얀처럼 죽음의 길로 가게 될지도 모른다는 걸 알면서도 말이다. 에일린은 경쟁에 몰두한 끝에 정규직 팀장이 되지만, "내가 원하는 것, 싫어하는 것의 경계도 무너졌다."라고 해 다시 주체적인 판단이 어려워졌음을 깨닫는다. 이는 자기애의 상실로 멜랑콜리에 접어든 상태다. 이어서 모든 사람이 경쟁하다 보면 "살아 있는 것과 또한 남겨진 것이 별반 다르지 않다."라는 사실을 깨닫는다. 경쟁에서 승리가 성공의 해답이 아니라는 사실을 알고 에일린은 허기를 느낀다.

이 소설은 직장인을 경쟁으로 내모는 사회 시스템, 곧 별점, 평점, AI 평가시스템 등을 배경에 둔다. 이 같은 사회에서 궤도를 이탈하지 않고 원 안에 존재하려고 살얼음판 도로를 마다하지 않고 질주하는 현대인의 모습을 보여 준다.

〈끝과 시작, 크메르〉는 캄보디아의 시아누크 빌 앞바다에 추락한 비행기 조종사의 아내 "연수"와 부조종사의 아내 "여자"의 상반된 대응을 보여준다. 비행기 추락 소식을 듣자 여자는 주저앉아 울음을 터트리고, 연수는 구조 계획에 관한 직원의 설명을 침착하게 듣는다. 여자는 사고사이니 위로금 받고 장례를 빨리 치르라는 회사의 제안을 받아들이는 반면, 연수는 회사와 보험회사의 회유를 피하는 동시에 남편의 생존 가능성을 기대하며 사고 현장을 향해 비행기를 탄다. 여자는 남편의 죽음을 즉각 수용하고, 연수는 남편의 죽음을 확정하지 않고 지연시킨다.

죽음 사건을 마주하는 둘의 태도가 다르니만큼 애도의 양상도 다르다. 여자는 기체 잔해 인양을 보러 온 일이 애도 과정이지만, 연수는 남편의 생사를 확인하는 데 몰두함으로써 애도를 시작하지 않는다. 하지만 혼란을 피할 수는 없다. "오전에는 생존 가능성이 없다는 사실을 인정"했다가 오후에는 "남편이 무인도 같은 곳에 살아 있을 거라"고 확신한다. 애도의 지연이 내적 갈등을 충동한다는 점을 알 수 있다. 연수와 여자가 함께 스쿠터를 타는 장면은 둘의 상반된 태도를 잘 보여 준다. "등이 불에 덴 것처럼 뜨거웠다. 연수는 여자의 눈물 때문이라고 생각했다. 여자는 연수가 눈물을 참고 있다고 생각했다."

기체의 잔해 인양을 거쳐 기장과 부기장의 죽음이 확인되자 여자는 남편의 아이디와 유품, 유골함을 들고 한국으로 돌아가고, 연수는 한동안 앓아누워 끼니를 먹지 못한다. 본격적인 애도의 돌입이다. 이때 숙소 주인 밥이 연수의 애도에 조력자로 나선다. 밥은 "연수 마음에 작은 공간이 생기기를" 바라며 연수에게 한국어를 가르쳐 달라고 부탁한다. 그곳에서 온전한 애도의 시간을 주려는 배려다.

한편, 비행하는 날 집에서 나올 때 부기장은 여자와 다투었으며, 기장은 연수에게 건강을 챙기라며 잘 다녀오겠다고 한다. 부부간의 관계에

따라 애도의 양상이 다르게 나타나는 것은 아
닐까.

'죽음 후' 주목은
삶에 대한 깊은 애정

　임미정 소설에서 망자의 생애나 죽음의 의미
는 드러나지 않는다. 그보다는 죽음을 마주하
는 어머니, 동료, 아내의 정동(affect)에 세밀한
주의를 기울인다. 아들의 죽음에 어머니는 증오
와 복수심으로 애도에 나서지만, 상실감에 뜻대
로 대응하지 못하자 멜랑콜리로 이행되어 자기
비난과 망상의 양상을 나타낸다. 나아가 복수를
복수 대상에게 떠맡기는 등 자기애를 상실하고
만다.
　상사의 죽음에 동료는 상사의 아내를 위로하
는 방식으로 애도에 나선다. 하지만 그 아내가
무덤덤한 태도를 취하자 동료는 애도의 대상이

모호해지면서 가치판단에 혼동을 일으킨다. 이
어서 동료는 상실한 대상을 이상화하면서 죽은
상사처럼 승진 경쟁에 돌입한다. 그는 경쟁에서
성공하지만 결국 자기애를 상실하며 허탈감에
빠진다.

이처럼 어머니와 동료는 슬픔을 극복하지 못
한 채 더 큰 고통을 치른다.

죽음	관계	죽음 후	결과
가해자 타인	아들-어머니(밀접)	복수 좌절 후 자기 비난	퇴행적 동일시
가해자 본인	상사-동료(호의)	위로 좌절 후 승진 경쟁	대상의 이상화

두 남편의 죽음에 두 아내의 애도는 상반된
다. 부부간의 심적 거리에 따라 아내가 죽음을
일찍 수용하기도 하고, 죽음 확정을 지연시키기
도 하는 등 차이가 난다. 아울러 애도가 멜랑콜
리로 이어지지 않으려면 조력자가 필요함을 보
여 주기도 한다.

죽음	관계	죽음 후	결과
가해자 불명	남편1-아내1(다정)	죽음 확정 지연 -완전한 애도	일상의 회복
가해자 불명	남편2-아내2(냉랭)	죽음 조기 수용 -짧은 애도	-

　이처럼 죽음은 어떠한 형태로든 애도의 문제를 수반하며, 거기에는 일정한 시간과 어떠한 갈등이 투여된다.

　한편, 아들과 상사, 기장, 부기장은 불의의 사고로 숨지기 전에는 아직 죽음과의 거리가 먼 사람들이다. 따라서 이들은 〈죽음과 소녀〉의 소녀라고 할 수 있다.

　임미정 소설은 죽음과 생명, 공포와 사랑의 대립항을 공존시킨 뭉크와 클림트의 그림과는 사뭇 다르게 전개된다. 두 화가의 그림은 이상에 불과한 것일까. 서사는 현실의 반영이며 실존의 문제이므로 애당초 대립 구도는 불가피한 것일까. 그것이 어떠하든 우리는 매일 죽음과 생명을 목도하고, 불안해하면서 매일 사랑을 꿈꾼다.

그러한 점에서 임미정 소설의 '죽음 후'에 대한 관심은 삶에 대한 깊은 애정에서 비롯한다. 죽음 사건 문제를 인간 본질 차원의 대응이 아니라, 남은 자의 몫으로 두어서다.

라캉은 구체적인 의식(儀式)이 있어야 애도가 완성된다고 한다. 그러니 애도의 완성은 일상 회복의 시작점이기도 하다. 하지만 온전한 애도는 쉬운 일이 아니다. 남은 자의 행위가 의식에 따른 것이라기보다는 무의식에 가까워서다. 달리 말하면 죽음에 의미를 부여하지 않고 질서 있는 애도가 불가능한 '날(날것의)' 의식이 의식(儀式)을 지배하고 애도자의 연약해진 정동(affect)에 관여해서다. 한편, 애도의 성패 여부는 일상 회복의 시기와 방법을 좌우하므로 애도는 남은 자의 실존과 관계한다.

이번 소설집은 공존이나 대립과 무관하게 '날' 의식이 치르는 애도의 양상들을 표상화해 죽음을 삶에 인접해 놓는다.

작가 임미정은 자기의식이 죽음 사건에 어떻게 관계하는가에 주목하는 현상적 환유 방식으로 삶의 문제를 다룬다. 거기에 길을 걸어가면서 맞닥뜨리는 순간을 실존 문제로 채택해 그 무게감과 파동에 천착하는 그의 성문(聲紋)도 묻어난다.

긴 기다림, 빨강과 하양
그 사이에 서서

이른 아침 QT를 마치면 집 근처 호수 공원
으로 향한다. 연초록의 잎사귀를 늘어트린 나
무 그늘에 앉아 호수를 둘러본다. 매일 나와 함
께 호수 공원의 사계를 함께하는 건, 나무와 꽃
과 이름 없는 풀과 바람 그리고 미어캣을 비롯
한 동물과 새들…. 내 곁을 지나 달리거나 걷는
사람들이다.

내 글의 대부분은 호수 공원 산책길에서 엮
어지고 퇴고가 되었다. 생각에 잠겨 길을 걷다
보면 방향감이 무뎌지고 그것을 인지하고 발걸

음을 멈추는 순간 속이 울렁거렸다. 주변 풍경이 낯설게 느껴지고 뭔가 잘못됐다는 생각이 들면 덜컥 겁이 났다. 작정하고 떠난 여행길에서 만난 낯섦은 다른 말을 빌려 표현하면 새로움이라 할 수 있다. 하지만 익숙한 공간에서 문득 접하는 낯섦은 뭐라고 할까. 두려움 너머의 그것, 아마 나는 형체가 없는 그것을 붙잡고 표현하기 위해 부단히 키보드를 두드리며 결과물을 폴더에 저장했다.

내 폴더에 저장된 글들은 문자화되기 이전의 감정, 긴 기다림을 저장한 것이라 할 수 있다. 기다림을 색상으로 표현한다면 빨강, 노랑, 파랑, 보라, 주황, 검정, 하양, 그 사이일 것이다. 기다림의 명도와 채도는 일정한 법칙이나 순서가 없이 나열된다. 감정의 축선에서 기다림은 분노를 거쳐, 미움으로, 다시 후회와 사랑과 감사, 그리고 무한 반복된다.

이번에 꺼내 든 것은 빨강과 하양의 중간쯤, 연민이다. 연민의 사전적 의미는 '불쌍하고 가련

하게 여기는 마음'이다. 엄격한 의미에서 본다면 연민은 사랑과 다른 감정이라 할 수 있다. 사랑과 증오가 동전의 양면과 같다면 연민은 동전을 세웠을 때의 한 축이라고 할까. 연민이 향하는 방향에 따라 대상에 대한 마음은 사랑 혹은 증오로 채워지게 될 것이다.

처음 글을 시작할 때는 노련한 칼잡이가 되고 싶었다. 세상을 향해 망설임 없이 '칼'을 휘두르리라, 마음먹었다. 그동안 묵혀 놓은 감정들을 꺼내어 삭둑삭둑 자르다 보면 카타르시스에 도달할 수 있으리라 여겼다. 하지만 칼을 휘두를수록 내 감정은 여과지를 통과한 것처럼 투명해지고 문장도 짧아졌다.

프랑스의 체호프라는 로제 그로니에는 "우리가 소설집에서 참으로 귀를 기울여야 할 것은 실제로 일어난 사건의 내용이나 우여곡절보다는 지극히 말을 아끼는 작가의 문장과 문장 사이의, 저 엄청난 동력을 가진, 긍정도 부정도 아닌 침묵의 소리일 것이다."라고 말했다. 나 또한 글을 퇴고해 가며 처음 생각하는 바와는 달리, 칼을 내려 놓고 내가 진짜 도달하고자 하는 지점에 대해 생각해 봤다. 생각을 거듭할수록 나는 칼보다는 꽃을 좋아한다는 것을, 감정을 내뱉기보다는 삼키는 쪽에 속한다는 사실을 깨닫게 되었다.

꽃처럼 예쁘고 향기롭게 살아가고 있지 못하기에 태양과 바람에 온전히 나를 맡기며 그들이 빚어 내는 내 모습에 순응하며 살아가고 싶다. 그러다 가끔 누군가 걸음을 멈추고 나를 찬찬히 들여다보기를, 나 또한 상대를 따스한 눈으로 찬찬히 바라볼 수 있기를, 서로의 특별함을 알아볼 수 있기를 소망한다.

역대 가장 더운 하지라고 한다. 아이스 커피를 담고 있는 텀블러 주변에 물방울이 흘러내린다. 연식이 오래되어 보랭 기능이 떨어진 텀블러를 버리지 못하고 있다. 내 주변에는 텀블러뿐만 아니라 오래된 것들이 많다. 정이 든 물건들이라 쉬 버리지 못하기 때문이다.

자주 프로필을 바꾸고 SNS에 소식을 올리는 지인들을 보면 부럽다. 나는 여전히 내 삶을 기록해서 올리는 것에 익숙하지 않다. 차곡차곡 쌓인 감정들을 짧은 글로 정제하는 일은 소설을 쓰는 것보다 어렵다. 그래서 나는 오늘도 문장과 문장 사이에 서서 내가 바라보는 삶의 이야기를 담으며 조금씩 앞으로 나아간다. 지금은 빨강과 하양 사이, 그 어딘가에 서 있는 것 같지만 멈추지 않고 나아갈 것이다.

글을 계속해서 써 갈 수 있도록 기도로 응원해 준 가족들과 문우들, 이 책이 나올 수 있도록 격려해 주신 경기도, 경기문화재단 관계자, 좋은 책을 만들기 위해 애써 주신 바른북스 편집부 그리고 넉넉한 마음으로 읽어 주실 독자분들, 고맙습니다.

오늘 만나는 낯섦이 두렵지 않기를, 담대하시길 바라며.

2024년 하지에
라온 임미정

| 수록 작품 발표지면 |

끝과 시작, 크메르　　『2024 신예작가』, 한국소설가협회

칼과 슈왈츠 마돈나　　2024 경기문화재단 생애 첫 문학
　　　　　　　　　　　　기금 선정

블랙 아이스　　　　　2024 경기문화재단 생애 첫 문학
　　　　　　　　　　　　기금 선정

이 책은 경기도, 경기문화재단의
지원을 받아 발간되었습니다.

칼과 슈왈츠 마돈나

초판 1쇄 발행 2024. 11. 7.

지은이 임미정
펴낸이 김병호
펴낸곳 주식회사 바른북스

편집진행 황금주
디자인 양헌경

등록 2019년 4월 3일 제2019-000040호
주소 서울시 성동구 연무장5길 9-16, 301호 (성수동2가, 블루스톤타워)
대표전화 070-7857-9719 | **경영지원** 02-3409-9719 | **팩스** 070-7610-9820

•바른북스는 여러분의 다양한 아이디어와 원고 투고를 설레는 마음으로 기다리고 있습니다.

이메일 barunbooks21@naver.com | **원고투고** barunbooks21@naver.com
홈페이지 www.barunbooks.com | **공식 블로그** blog.naver.com/barunbooks7
공식 포스트 post.naver.com/barunbooks7 | **페이스북** facebook.com/barunbooks7

ⓒ 임미정, 2024
ISBN 979-11-7263-825-2 03810